Senryu no roots wo tador

川柳のルーツをたどる

松代天鬼

Matsushiro Tenki

新葉館出版

川柳のルーツをたどる・目次

江戸の俳諧

※本稿は名古屋川柳社の機関誌『川柳なごや』に連載した
「気ままな文芸散策」を単行本としてまとめたものです。

川柳のルーツをたどる

はじめに

川柳は一般に滑稽な文芸と考えられている。滑稽な文芸は江戸時代の俳諧、前句附、川柳、または雑排という文芸を経由して盛んになった。滑稽な文芸は江戸時代からという認識が現在では定着しているようである。そこで「滑稽な文芸」の歴史を考えてみよう。これが万葉集から今日までの歴史が脈々と続いているのである。日本人はいつの時代も滑稽な芸能や読み物を求めてきた。

川柳は江戸中期、明和ごろから隆盛したといわれ、川柳のバイブルである『誹風柳多留』が初めて出版されたのが明和2(1765)年である。古川柳の三要素は「穿ち」「滑稽」「軽み」と称されているが、「滑稽」は長い歴史を経由してきた。

「穿ち」は欠陥や弱点を指摘する意味に用いられ、洒落本や黄表紙など江戸の市民意識が定着する過程で生まれた。初代川柳評にいたってこの特性が顕著に見られる。

「軽み」は蕉風俳諧で重んじられた作風の一つ。移り行く現実に応じた、とどこおらない軽やかさを把握しようとする理念をいうが、川柳においては、さりげなくサラリと言ってのけた句体から、深い奥行きや広がりを感じさせることである。ゴタゴタと並べ立てて、何もかも言おうとすると、句体が重くなるばかりか、内容的なふくらみもなくなる。
「滑稽」はおもしろおかしく、巧みに言いなすこと。転じて、おどけ、道化、諧謔をいう。俗っぽく下品な表現で故意に笑わせるのではなく、自然に生まれる笑いが川柳における「滑稽」である。

義貞の勢は浅蜊《あさり》を踏みつぶし

新田義貞の鎌倉討ち入りを想定した句。

これ小判たった一晩居てくれろ

貧乏生活にはめったに手に入らない。

駕籠賃をやって女房はつんとする

吉原帰りの亭主の駕籠賃を妻が支払う。

男じゃといわれた疵が雪を知り

若い時の喧嘩好きも年をとり疵が痛む。これらの句から、滑稽の中に笑いと相反した感情を味わうことができる。
万葉集は和歌と和歌の間に滑稽な戯笑歌がある。格式・形式にこだわらない愉快な歌が多い。万葉集巻十六に戯笑歌があるが、宴の楽しみとして歌われたようである。
「滑稽」は万葉集のころから延々と現代まで引き継がれている。古今和歌集にも万葉集の戯笑歌の系統をひく、巻十九に滑稽な「誹諧歌」がある。古典作品に現れる人々の生きざまは、現代にも相通じるものがあり、興味を抱いた。

新古今和歌集には俳諧歌がない。後鳥羽上皇の院宣を受けて編集したのだが、滑稽な歌が落とされてしまったからだ。

だがその後、「連歌」がやがて「俳諧の連歌」に繋がり、江戸時代に入って、蕉風などの諸流が起こり、「俳諧」が盛んになった。

「俳諧」から「前句附」が庶民間に大流行し、のちの川柳はこれを母体としている。初代川柳の号はそのまま文芸名になった。

現代に通じる川柳には長い歴史があり、「滑稽」が不動の要素としてこれからも詠まれ、日本人の生活に潤いをもたらす文芸として発展するだろう。若い人たちにも万葉集から継続されている滑稽の要素を持つ文芸川柳に親しんでもらいたい。

文芸川柳への道のり——連歌の起源

文芸川柳は突然、江戸時代に生まれたものではなく、川柳に至るまでの道のりは長い。滑稽な歌はすでに万葉集・巻十六（奈良時代）に戯笑歌などがある。古今和歌集・巻十九（平安時代）には「誹諧歌」があり、俳諧的つまり滑稽な性質を持つ和歌の一体である。

連歌は古来に普及した伝統的な詩型の一種で、奈良時代に原型ができ、平安時代から鎌倉時代、そして南北朝時代から室町時代にかけて大成されたが戦国時代末期に衰えた。和歌の強い影響のもとに成立した連歌であった。後に俳諧の連歌や発句がここから派生している。

南北朝時代に連歌集『菟玖波《つくば》集』が撰集された。勅撰和歌集の部立てに倣ったものであり、二条良基が撰集した。撰集とは詩、歌、文などを撰び集めて編集することで『平家物語』などがある。

室町時代後期に山崎宗鑑によって俳諧連歌集『犬筑波集』が撰集された。「犬」は連歌からの俳諧連歌に対する卑称（いやしめて言うこと。犬死、犬侍など）である。

古事記・日本書記による連歌の起源

古事記、日本書記に日本武尊《やまとたけるのみこと》の伝説がある。父景行天皇から東国の豪族たちを征伐することを命じられた日本武尊は、常陸の国、今の茨城県の筑波まで遠征し、その帰りに甲斐の国、今の山梨県の酒折の宮に着いた。
酒折宮《さかおりのみや》へたどり着いたときに、日本武尊は歌を詠んだ。

新治《にいばり》や筑波を過ぎて幾夜か寝つる　（五七七）
（新治や筑波を過ぎて、いくつの夜を過ごしたろう）
ここに御火焼《みひたき》の老人、御歌に続き歌ひて曰く、
（すると火ともしの老人が歌に続けて歌いました）
日日並《かがな》べて　夜には九夜　日には十日を　（五七七）
（日々を重ねて　夜は九夜　日は十日）

着宮の後、皇子が歌をもって「新治や」と問われたのに対し、秉燭人《かともしびと》が「かがなべて」と唱和した故事は有名である。秉燭《へいしょく》は燭を秉《と》ることで、火をともすという意味。御火焼《みひたき》は古代、神祇官などでかがり火をともす人のこと。文献によって「みひたき」の漢字が違う。広辞苑では「御火炬」、古事記の景行記では、「御火焚」。「景行記」は日本武尊の父、景行天皇が書いたもの。
老人は機転と才能を認められて、国造《くにのみやつこ》となった。国造は古代の世襲の地方官。日本書記で

はここをさらに強調して、「お側の者が誰一人答えられない中でのこの（身分が低い）老人だけが答えた」とその状況を説明している。

この形は五七七の片歌での問いかけに対して、五七七の返歌でこたえたものである。現代の連歌の形とは異なっているが、この故事によって連歌は「筑波の道」と呼ばれ、この地が「連歌の発祥の地」と言われるようになった。当地を訪れた文人墨客も多かった。なお「つくば市」にも「連歌発祥の地」碑が建っている。

日本武尊は古代伝説上の英雄なので、「連歌発祥の地」も実在するものではない。文学史の文芸としたら万葉集から始まることになる。

『古事記』と『日本書記』の比較

「うた」は共同体が成長し、さまざまな集団行事が営まれる中で、しだいに形式が整えられ、洗練された内容を獲得していく。それらは歌垣などの場で、民謡として広く歌われる一方、統一国家が形成される過程で、宮廷儀礼の中に取り込まれ、宮廷歌謡としても伝承されていった。これらの民謡や宮廷歌謡を総称して古代歌謡と呼んでいる。

古代歌謡の多くは『古事記』『日本書記』に載せられている。ヤマトタケルは「日本書記」では主に「日本武尊」、古事記では「倭建命」と表記される。現在では、漢字表記の場合、一般には「日本武尊」の用字が通用される。

『古事記』
成立　和銅5年（712）
編者　稗田阿礼が誦習《しょうしゅう》
　　太安万侶が撰録
巻数　3巻
内容　神代〜推古天皇（在位592〜628）
目的　皇室を中心の国家統一を目指す
特色　神話・伝説・歌謡を多く収め文学的
表記　漢字の音訓をまじえた変則の漢文体

『日本書記』
成立　養老4年（720）
編者　舎人親王

巻数　30巻
内容　神代～持統天皇（在位690～697）
目的　対外的に威を示そうとする
特色　異伝を記すなど歴史書的性格が濃い
表記　純粋な漢文体

歌体は、まだ定型のものは少ないが、片歌、旋頭歌、短歌、長歌など、のちに発達する歌体の原型を診ることができる。片歌（五七七）については

愛《は》しけやし　我家《わぎえ》の方よ　雲居立ち来《く》も

（なつかしいことよ。わが家の方から雲が湧いてくるよ）

などがある。

表現には枕詞《まくらことば》や序詞《じょことば》が多用され、反復や対句によって韻律美が整えられている。豊かな連想や比喩を通じて、その素朴な感情が生き生きと表現されている。

枕詞・序詞とは、和歌の修辞法の一つで、修飾される語句に具体的なイメージを与えて声調を整えながら、その語句を導き出す働きをする語。一種の比喩表現といえる。枕詞は通常五音で1句に限られるが、序詞は2句以上にまたがる。

古代の人々は、眼前の事物・景物を比喩的に捉え、それを通じて心情の描写を試みようとした。枕詞・序詞は、事物・景物を比喩的に捉える一つの手法であった。比喩表現を通じて心象描写をはかるこの方法は、のちに『万葉集』に受けつがれるもので、和歌表現の基本的なあり方である。

万葉集

古事記、日本書紀における神話の時代は相対的で、いろんな言い伝えがある。歴史的事実は一つというのが国の歴史書では絶対的な常識であるが、神話の時代はそうではない。それゆえ文学史、文芸史は万葉集から始めたいと思う。

万葉集は、8世紀ごろまでの和歌を集大成したもので、基本的には「雑歌《ぞうか》」「相聞歌」「挽歌」の三大部立てである。

計約4500首、古代の民衆の歌を数多く伝えている。全部で20巻あるが、「戯笑歌」はほとんど巻十六に集中している。

万葉集は、仁徳天皇皇后作といわれる歌から淳仁天皇時代の歌(759)まで、約350年間の長歌、短歌、旋頭歌などをいう。

雑歌は、万葉集の三部のうちの一部で、相聞、挽歌に属さない歌である。
相聞歌は、広く唱和・贈答の歌を含むが、恋愛の歌が主である。
挽歌は、中国で葬送の際、柩車《きゅうしゃ》を挽く者がうたった歌、死者を哀悼する歌である。

和歌はイコール短歌と思う人が多いが、和歌は漢詩に対して、日本の歌（倭歌）で長歌、短歌、旋頭歌、片歌など五・七音を基調とした定型詩をいう。万葉集の巻一～巻二十までを掲げてみよう。

巻一　雑歌
天皇の時代ごとに歌が整理されている。また、額田大王《ぬかたのおおきみ》や柿本人麻呂《かきのもとのひとまろ》などの有名な歌が沢山ある。

巻二　相聞歌・挽歌
天皇の時代ごとに分類し、それぞれ年代順に載せている。柿本人麻呂のすぐれた挽歌がある。

巻三　雑歌・譬喩歌《ひゆか》・挽歌

譬喩歌とは、多く恋愛の心情を表にあらわさず、外界の事物によって暗喩的に詠んだ歌。たとえ歌。

巻四　相聞歌・贈答歌

大伴家持《おおとものやかもち》と女性たちとの贈答歌が多く載せられている。贈答歌とは、二人がその意中を言い合い、やりとりする歌。

巻五　雑歌

大伴旅人《おおとものたびと》、山上憶良《やまのうえのおくら》に関わる歌が多い。

巻六　雑歌・譬喩歌・挽歌

山部赤人《やまべのあかひと》などが代表的な歌人。吉野などへの行幸の時の歌が多い。行幸とは、天皇が外出すること。

巻七　雑歌

作者不明なものが多いが、柿本人麻呂の歌集にあるとされている歌が多くある。

巻八　春雑歌・春相聞から冬雑歌・冬相聞

歌を春夏秋冬に分類し、さらにそれぞれを雑歌と相聞に分類している。原則的に作者の明らかな作を収める。

巻九　雑歌・相聞歌・挽歌

各々はだいたい年代順になっている。

巻十　春雑歌・春相聞から冬雑歌・冬相聞

季節ごとの分類は巻八と同じ。こちらは作者不詳のものを、テーマ別に並べている。七夕を詠んだ歌が多い。

巻十一　旋頭歌（古今相聞往来歌類の上）

旋頭歌とは、和歌の一体。短歌ではなく、五七七・五七七と片歌を反復した六句体。柿本人麻呂歌集からの歌も多い。

巻十二　旋頭歌（古今相聞往来歌類の下）

巻十一と対をなす。作者不明の歌が多く載っている。

巻十三　長歌と反歌の連作

長歌とは和歌の一体。五七調を反復して連ね、終末を多く七七とする。普通はその後に反歌を伴う。反歌とは、長歌の後によみ添える短歌。

巻十四　東歌《あづまうた》・相聞歌・雑歌・挽歌

東歌とは、東国《あづまのくに》の歌。方言が使われている。上総、下総、常陸、信濃、遠江、駿河、伊豆、相模、武蔵、陸奥などの国々の歌が収録されている。

巻十五　贈答歌

大きく二つの歌の集まりからできている。前半は、天平8(736)年、新羅国に派遣された使人《つかいびと》達の歌。後半は天平12(740)年、越前配流《はいる》となった中臣宅守《なかとみのやかもり》と彼の妻との贈答を中心とした歌。

巻十六　由縁のある雑歌

戯笑歌《ぎしょうか》(おどけ・滑稽・諧謔)には格式・形式にこだわらない愉快な句が多い。戯笑歌が川柳のルーツであると考えられる。宴における作が多く、宴の場は大いに盛り上がったようだ。

巻十七　大伴家持の歌

巻十八　大伴家持の歌
巻十九　大伴家持の歌
巻二十　防人の歌　大伴家持の歌

巻十七から巻二十は、大伴家持の歌日記というべき巻である。年月の順に歌が載せられている。巻二十には防人の歌が多く載せられている。万葉集最後に掲載されている歌は大伴家持の歌。特に、１１２首に及ぶ防人関係の歌は、時に兵部《ひょうぶ》省の次官であった家持の手によって整理、添削された歌群で異彩を放つ。

さて、巻十六の戯笑歌の作者は、貴族がほとんどのようである。大衆には無縁であったようだ。大衆が文芸に参加できるのは、江戸時代を待つことになる。

巻十六に掲載されている戯笑歌の一部を紹介してみよう。

美麗物《うましもの》　何所《いずく》飽《あ》かじを　尺度《さかと》らが　角のふくれに　しぐひあひにけむ　古部《こべの》(児部)女王《おおきみ》

【解釈】身分の高い、美しい尺度氏の娘が角氏の太くて醜い男にくっつきあったので女王がその愚を笑った。

枳《からたち》の　棘原《うばら》(茨)刈《か》り除《そ》け　倉立《くらた》てむ　屎遠くまれ　櫛造る刀自　名忘失也

【解釈】枳のいばらを狩り払って倉を立てようと思う。だからそのへんを汚さないように、屎（糞）は遠くにしなさい。櫛を造るご婦人方よ。

※奈良時代、トイレが家の中にないので、野外で野糞を垂れていた。

吾が門に　千鳥しば鳴く　起きよ起きよ　我が一夜妻　人に知らゆな　尼

【解釈】私の家の門口でたくさんな鳥がしきりに鳴いています。起きなさい起きなさい私の一夜妻よ。人に知られないように。

※妻は夫婦の一方。この場合、妻は男性。

蓮葉《はちすは》は　かくこそあるもの　意吉麻呂《おきまろ》が　家にあるもの　芋《うも》の葉にあらし

【解釈】蓮葉は、このようにきれいでなくてはなりません。これに比べたら、私の家にいる妻は芋の葉みたいなものですよ。

※自分の妻を卑下している。

死なばこそ　相見ずあらめ　生きてあらば　白髪《しろかみ》児らに　生《お》ひざらめやも

【解釈】死んでしまってこそ見ないでも済もうが、生きていたら白髪が娘さんたちに生えずにあるだろうか。

※「やも」係助詞。生えずにあるだろうか、いや、生えるであろう。

隠《こも》りのみ　恋ふれば苦し　山のはゆ　出で来る月の　顕《あら》はさばいかに

【解釈】隠れてばかり恋い慕っていると苦しい。山の端から出て来る月のように、はっきり現わしたらどうでしょうか。

※「山の端ゆ」の「ゆ」は格助詞「〜から」。

さし鍋に　湯沸かせ子ども　櫟津《いちひつ》の　檜橋《ひはし》より来む　狐に浴《あ》むさむ

【解釈】さし鍋に湯を沸かせ皆の者よ。檜橋からコンと来る狐に浴びせてやろう。

※「さし鍋」は、柄の付いた鍋。

※「櫟津」は、大和地方の地名。

※「来む」は、「来む」の語と「狐声コン」を併せ示した。

一二《いちに》の目　のみにはあらず　五六三《ごろくさむ》　四さえありけり　双六の頭《さえ》

【解釈】一二の目だけではない。五六三それに四までもあったぞ、双六のさいころの目は。

※「頭《さえ》」は双六の賽。

池神の　力士舞かも　白鷺の　桙啄《ほこく》ひ持ちて　飛び渡るらむ

【解釈】池神の力士舞だろうか、白鷺が桙をくわえて飛び渡っている。
※「力士舞」は金剛力士に仮装し、煩悩打破のさまを演じた舞。伎楽《ぎがく》の一つ。

ぬばたまの　斐太の大黒　見るごとに　巨勢《こせ》の小黒《を》し　思ほゆるかも

【解釈】斐太の大黒を見るたびに巨勢の小黒のことが思い出される。
※「ぬばたまの」は、「黒」などにかかる枕詞。
※「大黒小黒」は、色黒で背丈の差のある巨勢斐太朝臣と巨勢朝臣豊人とを、大小の黒馬にたとえて嘲笑した呼び名であろう。
※「小黒し」の「し」は、強意の助詞。

勝間田の　池は我知る　蓮《はちす》なし　然《しか》言ふ君が　ひげなきごとし

【解釈】勝間田の池は私も知っています。蓮などありません。そう仰せられる我が君様に髭がないようなものです。
※「然」は、そのように。副詞。

ひさかたの　雨も降らぬか　蓮葉《はちすば》に　溜まれる水の　玉に似る見む

【解釈】雨でも降らないかなあ。そうしたら、蓮の葉に溜まっている水が、玉にそっくりなのを見よう。

※「ひさかたの」は、「雨」などにかかる枕詞。

※「見む」の「む」は、推量の助動詞で「見るだろう」。

いさなとり　海や死にする　山や死にする　死ぬれこそ　海は潮干《しほひ》て　山は枯れすれ

【解釈】海は死ぬだろうか、山は死ぬだろうかと自問する。いや死ぬからこそ、海は潮が引いて、山は枯れるのだと自答する。まして人が死ぬことは言うまでもない。

※旋頭歌は和歌の歌体で「五七七　五七七」。

※「いさなとり」は、「海」などにかかる枕詞。

※「潮干」は引き潮ではなく、枯渇の意。

石麻呂に　我物申す　夏痩せに　良しとふものそ　鰻《むなぎ》捕り食《お》せ

【解釈】石麻呂に私は物を申し上げる。夏痩せに良く効くと言われるものですぞ、鰻を捕まえて召し上がりなさい。

※「もの申す」「食せ」という敬語をわざと用いて相手をからかっている。

※ウナギは縄文遺跡からも出土し、古くから食用としていた。

痩《や》す痩《や》すも　生けらばあらむを　はたやはた　鰻《むなぎ》を捕ると　川に流るな

【解釈】痩せながらも生きていたらそれで良いでしょうに。万一、鰻を捕ろうとして川に流されてはいけないよ。

※「痩す痩す」は、動詞の終止形を重ねて、状態の継続を表す。ひどく痩せながら。

※鰻（むなぎ）は、ウナギの古形。

※「はたやはた」は、もしかして、ひょっとして。

※その老人は生来身体がとても痩せていて、いくら飲み食いしても、姿は飢饉にあった人のようであった。まずはこんな歌を作って、戯笑したのである。痩せた人をからかう歌。

婆羅門《ばらもん》の　作れる小田を　食《は》む烏　瞼《まなぶた》腫れて　幡桙《はたほこ》にをり

【解釈】婆羅門が作っている田を食む烏は、瞼を腫らして旗桙に止まっている。

※婆羅門は、古代インドの四種性の最高位。宗教的な支配者階級。

※烏は実際は稲穂を荒らす鳥ではないが、その瞼の腫れを、檀那の田を食ったことへの仏罰だと見なして戯れたのだろう。

飯食《いひは》めど　うまくもあらず　行き行けど　安くもあらず　あかねさす　君が心し　忘れかねつも

【解釈】ご飯を食べてもおいしくない。うろうろと歩き回っても、心は安まらない。あなたのお心が忘れられません。

※「あかねさす」は、「君」などにかかる枕詞。

※万葉集で最も短い長歌は、五七五七五七七。長歌は五七五七五七……七七。

このころの　我《あ》が恋力　記《しる》し集め　功《くう》に申さば　五位の冠《かがふり》

【解釈】この頃の私の恋の努力を全部書き集め、功として申請したら、五位の冠にも該当するだろう。

※自分の恋について精勤の功を申し立てたら、五位の冠位が頂けるだろうと戯れた。

我が門の　榎《え》の実もり食む　百千鳥　千鳥は来《く》れど　君そ来《き》まさぬ

【解釈】我が家の門の榎の実をついばむ百千の鳥、数多くの鳥は来るけれども、あなたはお出でにならない。

射ゆ鹿《しし》を　認《つな》ぐ川辺の　にこ草の　身の若かへに　さ寝し児らはも

【解釈】弓で射られた鹿の足跡を追ってつけて行く川辺の柔らかな若草のように、若かった頃に共寝をしたあの妹は、ああ。

※「鹿」は「しし」と発音。「妹」は女性。獣《しし》は食用となる獣であるが、猪は「いのしし」、鹿は「かのしし」と言った。
※「和草《にこぐさ》」は、葉や茎の生え始めたばかりの柔らかい草。
※若い時代を追憶する歌の表現として適切である。猟を事とした人々のあいだから流れ出ている序詞である。

『万葉集』巻二十には、98首の防人の歌が収められている。当時の「軍防令」によると、京に向かう兵士は「衛士」と名づけ、辺を守る兵士を「防人」と名づけた。

当時、朝鮮半島情勢は、新羅が高句麗・百済と対立していた。一方、随以来高句麗征服策をとってきた唐は、新羅と結んで660年に百済を滅亡させた。そこで、百済の国家再建をめざす遺臣たちは、日本軍の救援を求めてきた。

日本は百済の要請に応じ、661年に斉明天皇が百済救援軍として軍勢を集めて九州に赴いたが、天皇が朝倉宮（福岡県）で没したため、中大兄王子《なかのおおえのおうじ》が皇太子のまま後継者となり、軍勢を朝鮮半島に派遣した。中大兄皇子は後に天智《てんじ》天皇になる。

663年8月、朝鮮半島の錦江河口における白村江の戦いで、日本と百済の連合軍（水軍）は唐・新羅の連合軍に大敗した。わが国は百済再建の企てに失敗した。その翌年、「対馬島・

壱岐島・筑紫国等に、防と烽とを置く」と書かれ、防人が設置された。定期的に交替する制度に途中から改められた。

白村江は朝鮮南西部を流れる錦江河口の古名。防人が東国地域から徴発された理由は、ヤマト王権と東国との特殊な政治的関係があり、東国人が勇猛な性格を持っていたといわれる。防人の3年間の任務は厳しく、寂しいものであったそうである。白村江の戦いには西国ばかりか、東国からも兵士が参加していたといわれる。

高句麗は668年に滅亡し、新羅が唐を排除して朝鮮半島を統一した。

白村江の敗戦後、新政府は唐・新羅連合軍の攻撃にそなえ、次のような国防の強化につとめた。

①防人（兵士）と烽《とぶひ》（のろし）を配置。

②筑紫（福岡県）に水城《みずき》（堤）を築く。大宰府の成立。

③金田城（対馬）・大野城（大宰府）・屋島城（讃岐）・高安城（河内・大和の境）などの朝鮮式山城を築城。

防人の歌

これより3首は相模の国の防人の歌を紹介する。

大君の　命恐《みことかしこ》み　磯に触《ふ》り　海原《うのばら》渡る　父母を置きて

【解釈】大君の御命令を恐れ慎んで、岩にぶつかっては海原を渡ってゆくのだ。父母を残して。

八十国《やそくに》は　難波《なには》に集ひ　船飾り　我《あ》がせむ日ろを　見も人もがも

【解釈】諸国の防人が難波に集結している。船飾りを私がする日々を、見てくれる人がいたらなあ。

※「八十国」は、国々の防人。
※「日ろ」の「ろ」は、接尾語。
※「見も」は、「見む」の転。

難波津に　装《よそ》ひ装ひて　今日の日や　出でて罷《まか》らむ　見る母なしに

【解釈】難波の港で船の支度を日々整えて、今日この日に出発して下って行くのか。見てくれる母もなしに。

これより3首は大伴家持の歌。

ますらをの　靭《ゆき》取り負ひて　出でて行けば　別れを惜しみ　嘆きけむ妻

【解釈】ますらおが靭を背負って出て行くと、別れを惜しんで嘆いたであろう妻よ。

※「靭」（うつぼ）は、矢を入れる道具。背負って携帯する。

※東国のどこの国の防人か不詳。

鶏《とり》が鳴く　東男の　妻別れ　悲しくありけむ　年の緒《を》長《なが》み　家持の歌

【解釈】（鶏が鳴く）東男の妻との別れは悲しかっただろうなあ。長い年月なので。

※「鶏が鳴く」は、解りにくい東国の言葉を鳥の声と思った。あづまにかかる。

※「年の緒」は、時間を長い緒に譬えた慣用表現。

今替はる　新《にい》防人が　船出する　海原の上に　波な咲きそね

【解釈】今交替しようとする新しい防人が船出して行く海の上に、波よ立たないでくれ。

※「咲く」は、波が白く立つのを「咲く」と表現。

※「ね」は、懇願の意をこめる。立たないでくれ。

※東国のどこの国の防人か不詳。

これより5首は駿河国の防人部領使《ことりづかい》の歌。

防人の　堀江漕ぎ出《づ》る　伊豆手舟　梶取る間なく　恋は繁けむ

【解釈】防人が堀江を漕いで出て行く伊豆手舟の梶をとるように、絶え間なく恋しさは募るだろう。

※「伊豆手舟」は、舟が製造地による特徴を持っていたのであろう。

水鳥の　立ちの急ぎに　父母に　物言《は》ず来にて　今ぞ悔しき

【解釈】（水鳥の）出で立ちの準備のために、父母に言葉もかけずに来てしまって、今は悔しい。

※「水鳥の」は、水鳥は騒がしく飛び立つの意。

父母え　斎《いは》ひて待たね　筑紫なる　水漬《みづ》く白玉　取りて来るまでに

【解釈】父母よ、御身を大切に待っていてください。筑紫の海に沈んでいる真珠を取って来るまで。

※「ちちはえ」は、「ちちははよ」の転。

※真珠を「水漬く白玉」と表現したのは、海に潜り、難儀して採るという意味。

※「斎ひて」は、心に期することの実現を神仏に祈念して身を清浄に保つ意。

我《わ》ろ旅は　旅と思《おめ》ほど　家《いひ》にして　子持《めや》ち痩すらむ　我が妻《み》すなしも

【解釈】私の旅は、これが旅なのだと思うけれど、家にいて子どもを抱えて痩せているに違いない妻がいとしい。

※「わろ」は、「われ」の転。

※特に東国語に多い接尾語「ろ」。

※「思ほど」は「おもへど」の転で、「こんなにつらいと覚悟はしていた」。

※「妻」は中央語「め」、駿河では「み」。

我妹子《わぎめこ》と　二人我が見し　うち寄《え》する　駿河の嶺《ね》らは　恋《くふ》しくめあるか

【解釈】いとしの妻と二人で一緒に見た、(うち寄する)駿河の峰は恋しいなあ。

※「わぎめこ」は「わぎもこ」、「うちえする」は「うちよする」の転。

※「うち寄する」は、「駿河」の枕詞。「駿河の嶺」は富士山。

※「くふしくめ」は、「こほしくも」の転。

※「こほし」は、「こひし」より古い形。

古今和歌集

古今和歌集の第十九「雑体《ざったい》」には誹諧歌《はいかいか》がある。「誹《ひ》」に「ハイ」の音はないが、「誹諧歌」の「誹」は慣用的に「俳」と同義に用いられ「誹諧」と「俳諧」は混用された。

誹諧は滑稽の意味である。905年に成立し、基本的には春夏秋冬の歌、賀の歌、恋の歌、雑《ぞう》の歌、雑体歌等がある。計約1100首あり、日本における歌の成立に重要な位置を占めている。醍醐天皇における勅撰和歌集である。全部で20巻あるが、誹諧歌は巻十九の雑体歌に含まれる。

山吹の　花色衣　ぬしやたれ　問へど答へず　くちなしにして　素性法師《そせいほうし》

【解釈】やまぶきの花のような色の衣に、「持ち主はどなたですかと」と質問するのだけれども、答えてくれない。その色を染めたくちなしの実と同様に、口無しであった。

※「主」は、主人の意。

※「くちなし」と「口無し」を掛ける。

秋風に　ほころびぬらし　藤袴　つづりさせてふ　きりぎりす鳴く　在原棟梁《ありわらむねやな》

【解釈】秋風に吹かれて藤袴の袴がほころびたらしい「つづりさせ　つづりさせ」と言っ

てこおろぎが鳴いているよ。（擬声語）

※「ほころぶ」は、咲き開くの意と縫い目が解けるの意を掛ける。

※「きりぎりす」は、こおろぎのこと。

※「つづりさせ」は、こおろぎの声の擬声表現とほころびを織り糸で刺して縫い綴るの意。

枕より　あとより恋の　せめくれば　せむ方なみぞ　床中におる（よみ人しらず）

【解釈】枕の方から、あるいは足もとから、わが恋の思いがせまってくるので、どうしようもないので、寝床の中央にじっとしていることであるよ。

※「あと」は、足さきの意。

われを思ふ　人を思はぬ　むくひにや　わが思ふ人の　我を思はぬ（よみ人しらず）

【解釈】私を思ってくれる人を、私が思わない報いであろうか、私が思っている人は私のことを思ってはくれないのだよ。

※「報ひ」は、因果に対する応報の意、仏教語。

ことならば　思はずとやは　言ひはてぬ　なぞより中の　玉だすきなる（よみ人しらず）

【解釈】おなじことなら、「お前のことなんか思っていない」と言い切ってくれないのか。どうしても男女の仲は、こうも襷のように心にひっかかったままなのであろうか。

古今和歌集における「よみ人知らず」の歌には、作者の身分が低いために名を表さなかったものや、高貴な人が事情になって故意に名を表さなかったものなどもあって、そのすべてが古い歌とは限らないが、大部分は万葉以後、六歌仙時代以前のものと見てよい。

平安初期の成立以来、『古今和歌集』は和歌の規範であり、歌人にとっての聖典であった。その権威を支えたのが古今伝授である。古今伝授は歌道の家に伝えられた『古今和歌集』の秘説で、俊成・定家の末裔二条家とその門弟に相伝されたものが宗祇《そうぎ》によって歌道流派の外に流れ、宗祇から三条西実隆へ、三条西家から細川幽斎へ、幽斎から天皇家へと伝えられて権威を高め、神道と結びついて神秘性を濃くまとった。

古今伝授は近世の国学者によって批判にさらされたが、聖典の権威を決定的に破壊したのが、「紀貫之は下手な歌よみにて『古今和歌集』はくだらぬ集に有之候」という正岡子規の一喝である。

明治の歌壇は、明治21年に設置された宮内省御歌所の初代所長に就任した高崎正風を中心に、伝統を受け継ぐ旧派歌人が勢力を持った。高崎は香川景樹を祖とする桂園派の歌人で、その一派は御所派と呼ばれた。子規以前、短歌革新は与謝野鉄幹によってすでに火の手が上げられ、明治27年、鉄幹は『二六新報』紙上に「亡国の音、現代の非丈夫的和歌を罵る」と題する文章を連載して、景樹につらなる旧派歌壇を痛罵した。

鉄幹に出遅れた子規は、「日本」紙上でいっそう過激に旧派歌人を攻撃した。「歌よみに与ふる書」は正岡子規が明治31年2月から10回にわたって新聞「日本」紙上に発表した歌論である。

彼らの権威の根源である『古今和歌集』をくだらぬ集にて有之侯と罵倒し、古今和歌集の選者であり、三十六歌仙にも名を連ねた紀貫之を「歌らしき歌は一首も無く、定家という人は上手か下手か訳の分からぬ人」と酷評している。「香川景樹は古今貫之崇拝にて見識の低きことは今更申すまでも無之侯」と紀貫之につらなる歌人を罵倒したのである。明治31年のことであった。

万葉集や源実朝の金槐和歌集などに極めて高い評価を与え、万葉への回帰と写生による短歌を提唱した。新古今和歌集についてはは「ややすぐれたり」としつつも、選者の藤原定家については、「自分の歌にはろくなもの無之」と評すなど、勅撰和歌集の作風には否定的な考えであったことがわかる。

この平安から面々と続いた伝統的な価値観の全面否定については、当時の桂園派を中心とした歌壇の強い反発を受けると共に、後世の文学者からも批判があった。

子規が用いた戦略は、すでに成功をおさめていた俳句革新に使ったのとおなじ方法である。俳句革新で子規は芭蕉の句の過半は悪句駄句で埋められていると貶《おとし》め、埋もれていた蕪村を発掘し、革新のプロパガンダとして旧派俳人の営む芭蕉忌に対抗して蕪村忌を催した。おなじ方法で『古今和歌集』と紀貫之を否定し、『万葉集』と源実朝を激賞したのである。芭蕉はびくともしなかったが、紀貫之は満身創痍の深傷を負った。

なぜ子規は古今和歌集を酷評したのだろうか。3つの説を挙げてみる。

1古今和歌集は、写実性や実感性にかけており、西洋の詩歌に触れた子規がこれを批判したといわれる。

2古今和歌集を称美し、これをならうことを目指した桂園派の勢力を覆すことにあったようだ。桂園派を創始した香川景樹に対する批判で結ばれている。

3江戸時代の後期に、香川景樹が起こした和歌の地下《じげ》派で、景樹の生前に西日本の地下歌壇を席巻し、明治時代には、明治天皇の和歌御用掛《ごようがかり》を始め、歌壇の中核を独占していた。この勢力に目をつけた子規が古今和歌集をこき下ろして、歌壇の趨勢《すうせい》の奪取を図ったといわれる。

※「和歌御用掛」は、天皇陛下や皇族の和歌の相談役。

※「地下派」は、近世歌壇の一派。堂上《とうしょう》派の歌道を受け継いだ地下の系統。庶民的立場の

流派を形成した。

※「古今和歌集への批判」は、古今和歌集の特色である「掛詞」や「縁語」を駄洒落とおとしめ、理知的な発想を理屈っぽいと斬って捨てた。

古今和歌集の縁語、掛詞には次のような例がある。

〔縁語の例〕**白雪の　降りて積もれる　山里は　住む人さへや　思ひ消ゆらむ**　壬生忠岑《みぶのただみね》

【解釈】雪が降り積もった山里は、そこに住む人さえ、雪が消えるように気持ちが滅入ってしまうのだろうか。

※縁語は「雪」に対する「消ゆ」。

掛詞を子規は駄洒落と決めつけているが、現代では「駄洒落とはやはり異質なものである」という歌人が多い。

〔掛詞の例〕**花の色は　うつりにけりな　いたづらに　我が身世にふる　ながめせさまに**　小野小町

【解釈】花の色はあせて、衰えてしまったなあ。空しく降る長雨の間に、そして私自身も衰えがきた。物思いにふけって、空しく時を過ごしている間に。

※「雨」の文脈、世に降る長雨のせいで。
※「人（私）」の文脈、私がこの世で過ごし、物思いにふけっていた間に。

正岡子規が「貫之は下手な歌よみにて、古今集はくだらぬ集にこれ有り候」と断じて以来、『古今和歌集』の評価は一変し、古典和歌の世界では、完全にその地位を『万葉集』に取って代われることになった。歌人たちはもはや万葉のように素朴に直情的な歌を詠むだけではすまなくなり、自らの歌、叙情の源泉を凝視、追究せずにはいられなくなった。

しかし、戦後もおよそ20年も経過した頃から、古今和歌集に対する再評価の機運が高まってくると、当然のことながら、それにつれて歌人・紀貫之への人々の理解も、徐々にではあるが深まってきた。

笑いの復権

子規がユーモアを解する人であったことは、『万葉集』巻十六の「戯笑歌」を評価し、一茶を世に出したことでもわかる。

だが、子規は万葉集の「戯笑歌」を誉めて、古今和歌集の「誹諧歌」までを否定した。

ごく近年の現象として、この国に笑いが復権してきた。子規の恫喝100年の余韻から解放され『古今和歌集』は「をかしの歌集」として見直さなければならない。
果たして子規が断じたとおり「紀貫之は下手な歌みにて、古今集はくだらぬ集にこれ有り候」なのかどうか、歌を検証してみよう。

桜花　散りぬる風の　なごりには　水なき空に　波ぞ立ちける

【解釈】桜の花を風が吹き散らした。そのなごりとして、水もない空に何かと波が立っているではないか。

【解説】水もない空に波が立っている。「波」は落下を示す。すなわち大空を背景に舞い散る桜吹雪を現すある事物（ここでは落花）を、別の事物（ここでは波）に見立てて表現することを「見立ての技法」という。古今和歌集時代にさかんに行われた技法。白髪を白雪に、落花を雪に、紅葉を錦に見立てたりする。

人はいさ　こころも知らず　ふるさとは　花ぞ昔に　香ににほひける

【解釈】人の心は、さあどうか分かりませんね。でも、ここは長谷の地の梅の花だけは、昔の香のままに咲きにおっていることですよ。

【解説】この歌、変わりやすい人の心に比べ、変わらぬ自然の美しさを愛でた作、と一応は解釈できるけど、見方を変えれば、ずいぶん皮肉のきいた歌でもある。江戸時代の川柳子が「梅の花愛でて主をあてこすり」といったのも、おそらくこの機微を察してのことであろう。

小倉山　峰立ちならし　鳴く鹿の　経《へ》にけむ秋を　知る人ぞなき

【解釈】小倉山の峰を何度も踏みしめて鳴く鹿が、そこで何年も送ってきたであろう秋の数を知る人とていないことだよ。

【解説】古今和歌集の歌には、徹底的に言葉にこだわることによって開発された掛詞《かけことば》や助詞《じょことば》など、言葉遊びともいうべき表現技巧が少なくない。

世の中は　かくこそありけれ　吹く風の　目に見ぬ人も　恋ひしかりけり

【解釈】男と女の仲というものは、こんなふうだったのだなあ。吹く風のように、まだ見たこともない人のことが恋しくてたまらないことだよ。

【解説】理性的で実証派の紀貫之にとっては、疑問だったようである。

花もみな　散りぬる宿は　ゆく春の　ふるさととこそ　なりぬべらなれ

【解釈】花もみな散りはててしまったわが家は、まるで過ぎ行く春の住処となってしまいそうだ。

【解説】春という季節を擬人化し、その春が過ぎ行く様を惜しんで詠んだものだが、伝統的な王朝和歌にあっては、現代と違い夏の到来はかならずしも歓迎されるものではなかった。

世の中に　絶えて桜の　なりせば　春の心は　のどけからまし　在原業平

【解釈】この世の中に桜というものがまったくなかったなら、春を過ごす人々の心はどんなにか穏やかであったろうに。

【解説】この歌は、たしかに理が勝っているといわれる。けれどもその背景には、桜を愛するあまりに一喜一憂してしまう王朝人の耽美的な感情が息づいている。桜が好きだとストレートに歌うのではなく、もしも桜がなかったならという思考を通して間接的に表現してみせたところに、この歌の魅力があるという。

音にのみ　きくの白露　夜《よる》はおきて　昼は思ひに　あへず消《け》ぬべし　素性《そせい》法師

【解釈】あなたの噂ばかりを聞く私は、菊に置かれた白露と同様で、夜は起き、昼は露が日に消えるように、切なさに耐えられず、消え入ってしまいそうです。

【解説】「聞く」と「菊」、「起き」と「置き」、「思ひ」と「日」、「（私が）消」と「（露が）消」が掛詞。「菊の白露」「置き」「日」「消」が縁語である。掛詞一つ一つの中に、実は心象語と物象語の対応がある。掛詞は単なる洒落ではなく、同音を媒介にして思いがけない心象と物象を結び付けて、歌の中に豊かなイメージの飛躍をもたらす。

大岡信は『紀貫之』の中で、古今集の四撰者の筆頭であり重鎮である紀貫之が、「正岡子規に罵倒されて以後の貫之の評判の下落ぶりについては、今さらここで繰返すまでもない」と書いている。大岡自身も、子規が「趣味ある面白き歌」の例として掲げた「思ひかね妹がり行けば冬の夜の河風寒み千鳥なくなり」という一首について「格別の秀歌ではない。道具だてが整いすぎていて、感はさして深くない」と評している。その上で、自身の好きな歌の例を次のように述べている。

影見れば波の底なるひさかたの空漕ぎわたるわれぞわびしき

（中略）私はこの歌によって、貫之の歌の面白さに初めてふれた思いがしたのだった。理窟の勝った歌であるにはちがいないが、その理窟っぽさを越えて、ある「わびしさ」の息づく空間の広さが感じられたのだ。「ひさかたの」という枕詞が、この場合、時間的・空間的な広がりを暗示するのに効果をあげている。下敷きとした賈島の詩に対して、「やまとうた」の特性をこういう部分で発揮し得たという思いが、貫之にはあったであろう。また、古今集にはほとんど全く見られない「われ」の語がここで用いられて、一首に好ましい直接性、実感性を賦与していることも見落とすことができない。

現代では、正岡子規が「貫之は下手な歌よみにて、古今集はくだらぬ集にこれ有り候」をその通りと思う学者や俳人は、ほとんどいないと思う。

正岡子規の「恫喝100年」は終わり、古今集、新古今集そして紀貫之、藤原定家の名誉挽回を時代がさせたのである。

▼春の歌

花の色は　移りにけりな　いたづらに　わが身世にふる　ながめせしまに　小野小町

【解釈】花の色も私の美しさも、色あせてしまったなあ。私がむなしく世を過ごしてあらぬ物思いにふけっているうちに、花が春の長雨にうたれて散るように。

久方の　光のどけき　春の日に　静心なく　花の散るらむ　紀　友則

【解釈】日の光がのどかに照っている春の日に、どうして桜の花はあわただしく散っているのだろう。

▼夏の歌

蓮葉《はちすば》の　濁りにしまぬ　心もて　なにかは露を　玉とあざむく
遍照《へんじょう》

【解釈】その濁った水にも染まらない、きれいな蓮の葉の心なのに、何でまた、葉の上の露を玉と見せかけて人を欺くのか。

塵をだに　すゑじとぞ思ふ　咲きしより　妹《いも》とわが寝る　とこ夏の花
凡河内躬恒《おおしこうちのみつね》

【解釈】咲き始めてから、塵一つさえ積もらせまいと思っているのです。妻と私が共寝をする「床」にちなんだ名を持っている、大切な常夏の花は。

※常夏はナデシコの別名。

▼秋の歌

秋来ぬと　目にはさやかに　見えねども　風の音にぞ　おどろかれぬる
藤原敏行

【解釈】「ああ、秋が来たな」と目にははっきりと見えないが、風の音によってふと感じさせられることよ。

ちはやぶる　神世もきかず　龍田川　韓紅《からくれない》に　水くくるとは
在原業平

【解釈】こんなことは神代の話にだって聞いたことがない。龍田川が韓紅色に水を絞り染めにするとは。

▼賀歌《がのうた》

わが君は　千代に八千代に　細れ石《さざれいし》の　巌と成りて　苔のむすまで
読人知らず

【解釈】わが君のご寿命は千代、八千代にまで続いていただきたい。小さな石が少しずつ大きくなり、大きな岩になり、それに苔が生えるまでも。

▼羇旅歌《きりょのうた》

※「羇旅」とは旅の意。

天の原　ふりさけ見れば　春日なる　三笠の山に　いでし月かも
阿倍仲麿

【解釈】広々とした大空をはるかに見晴らすと、今しも月が上がったところである。思えば昔、まだ若かった私が唐に出発する前に、春日の三笠の山端から上がったのも、同じ月であったよ。

▼誹諧歌

山吹の　花色衣《ころも》　ぬしや誰　問へどこたへず　くちなしにして

【解釈】美しい山吹の花の色の着物、おまえの持ち主は誰かね。聞いても答えてくれないね。くちなしとみえて。

新古今和歌集

勅撰和歌集の八代集《はちだいしゅう》は以下の通りである。
『古今和歌集』905年成立
20巻　1111首
醍醐天皇下命
紀友則　紀貫之　凡河内躬恒《おおしこうちのみつね》　壬生忠岑《みぶのただみね》　撰
『後撰和歌集』951〜951年に成立
20巻　1425首
村上天皇下命
清原元輔　紀時文　大中臣能宣　源順　坂上望城　撰
『拾遺《しゅうい》和歌集』1005〜1007年に成立
20巻　1351首
古今和歌集・後撰和歌集に漏れた和歌を拾った集。
花山院《かざんいん》　藤原公任《きんとう》　撰

『後拾遺和歌集』1086年に成立
20巻　1218首
白河天皇下命
藤原通俊《みちとし》　撰

『金葉和歌集』1127年に成立
10巻　717首　1125年頃に成立
10巻　650首　1127年に成立
白川院下命
源俊頼　撰

『詞花《しか》和歌集』1151年頃に成立
10巻　415首
崇徳院下命
藤原顕輔《あきすけ》　撰

『千載和歌集』1188年に成立
20巻　1288首
後白川院下命
藤原俊成　撰

『新古今和歌集』1205頃成立
20巻　1978首
後鳥羽院下命
源通具《みちとも》 藤原有家　藤原定家　藤原家隆　藤原雅経　寂連（撰中没）撰

このうち新古今和歌集は、後鳥羽上皇の院宣《いんぜん》を受けて、源道具《みちとも》、藤原定家らが1205年に勅撰和歌集として撰進した。

春歌・夏歌・秋歌・賀歌・哀傷歌・離別歌・恋歌・雑歌などがあり、20巻で約1980首ある。俳諧歌があるとすれば、雑歌の中である。しかし巻第十六・十七・十八の雑歌の中には俳諧歌は見当たらなかった。

部門に分ける「部立て」は古今和歌集に近いが、ただ新古今和歌集は芸術としての和歌の自覚がもっとも強い。折句、俳諧句のような遊戯的なものを一つも取っていない。
つまり、新古今和歌集には俳諧歌がないのである。
※院宣は、上皇または法皇の命令を受けて出す公文書。
※撰進は、詩歌・文章を作ったり集めたりして天皇または上皇に奉ること。
新古今和歌集の成立には、およそ五期に分けて考えることができる。

第一期　準備期
　　撰者を任命。勅撰集の撰集を開始した。
第二期　各撰者が歌を選んだ時期
　　各撰者が歌を選び、歌集の形に整えて後鳥羽院に提出した。
第三期　各撰者の撰進した歌を後鳥羽院が自身で精選された時期
　　三度校閲、採用歌に点を付し、各撰者に戻す。
第四期　その歌を撰者が主題別に分類、配列、20巻の歌集にまとめる作業。
第五期　歌集完成を祝う竟宴。

ここでも後鳥羽院の意志が細部まで繁栄された。

竟宴直後から入集歌の相次ぐ加除訂正（切り継ぎ）に撰者が謀殺された。竟宴《きょうえん》前後に大規模な歌会、歌合が頻々と催され、そこでの秀歌が随時加えられた。撰者は切り継ぎの激しさに閉口しつつ、絶対的指導者の後鳥羽院の意向を汲んで最新の秀歌を集に反映させ、完成を目指して延々と作業したのである。

後鳥羽院は鎌倉幕府を排除しようと企てた「承久の乱」に敗れ、隠岐に配流された。後鳥羽院は絶海の孤島で『新古今和歌集』の精選に取り組む。後鳥羽院が自ら撰び定めた歌集であった。院自身にとっては隠岐での形態が『新古今和歌集』の紛れもない完成形態だったのである。

全期間を通じておよそ15年ほどかかったことになる。

新古今和歌集の撰者は他の勅撰和歌集と違い、第一次の選をしたに過ぎず、真の撰者は後鳥羽院であった。しかも、あくまで精選に精選を繰り返されたとある。だから俳諧歌は後鳥羽院の精選のとき、落とされてしまったと考えられる。

京極・冷泉《れいぜい》派は大体、新古今和歌集を尊重する傾向を取っている。京極家は藤原定家の孫を祖とする和歌の家筋。冷泉家は藤原定家の流れを伝えた和歌の師範家のひとつで、７００年以上経った現在まで続いている。

二条家は新古今和歌集より古今和歌集主義であった。二条良基《よしもと》はやがて和歌から連歌を普及させ、その流れが川柳につながってゆく。
※精選は、多くの中から特にすぐれたものをえりすぐること。

新古今和歌集の主要歌人

藤原俊成（1114～1204）
平安末期の歌人。俊忠の子、定家の父。千載集の撰者。歌学を藤原基俊に学び、俊頼を尊敬、両者の粋をとり、清新温雅な、いわゆる幽玄体の歌を樹立した。

西行（1118～1190）
平安末、鎌倉初期の歌僧。鳥羽上皇に仕えて北面の武士。23歳の時、無常を感じて僧となる。新古今集には94首の最多歌数採録。家集『山家集』。

藤原定家（1162～1241）
鎌倉前期の歌人。俊成の子。歌風は絢爛・巧緻で、新古今調の代表。書風は後世、定家流と呼ばれ、江戸の茶人に珍重された。

慈円（1155～1225）

平安末、鎌倉初期の僧。藤原忠通の子。天台座主。和歌に優れ、独特の歴史観を示した史論『愚管抄』がある。

藤原良経（1169〜1206）
鎌倉初期の公家、歌人。関白九条兼実の次男。摂政・太政大臣。書も名高く、その書流を後京極流という。

藤原家隆（1158〜1237）
鎌倉初期の歌人。俊成の門に出で、定家と並称。素直で清潔な歌風。

後鳥羽院（1180〜1239）
鎌倉前期の天皇。1198年に譲位して院政。後に後鳥羽院と追号された。

▼春の歌

ほのぼのと　春こそ空に　来《き》にけらし　天《あま》の香久山　霞たなびく　後鳥羽院

【解釈】ほんのりと春が空に来ているらしい。今、天の香久山には、あのように霞がたなびいている。

春の夜の　夢の浮橋　とだえして　峰に別るる　横雲の空　藤原定家

【解釈】春の夜の、短くてはかない夢がとぎれて、見ると、今しも、横雲が峰から別れてゆく曙の空であることよ。

見わたせば　山もとかすむ　水無瀬川《みなせがわ》　夕べは秋と　なに思ひけん
後鳥羽院

【解釈】見わたすと、山の麓《ふもと》が霞んで、そこを水無瀬川が流れている眺めはすばらしい。夕べの眺めは秋がすばらしいと、どうして思ったのであろうか。

▼夏の歌

春過ぎて　夏来《き》にけらし　白妙の　衣干すてふ　天の香久山
持統天皇

【解釈】春が過ぎて、もう夏が来たらしい。白い夏衣を干すという天の香久山に。

道のべに　清水流るる　柳陰《やなぎかげ》　しばしとてこそ　立ちどまりつれ
西行法師

【解釈】道のほとりに清水の流れている柳の木陰よ。しばらく休もうと思って立ち止まったのであったが、あまり涼しいので、つい時を過ごしてしまったことだ。

▼秋の歌

心なき　身にもあはれは　知られけり　鴫《しぎ》立つ沢の　秋の夕暮
西行法師

【解釈】ものの情趣を感じる心のないこの身にも、しみじみとした情趣はおのずから知れることだ。鴫の飛び立つ沢の、秋の夕暮れよ。

見渡せば　花も紅葉も　なかりけり　浦の苫屋《とまや》の　秋の夕暮　藤原定家

【解釈】見渡すと、色美しい花も紅葉もないことだ。浦の苫屋のあたりの秋の夕暮れよ。

※「苫屋」は、菅や茅で葺《ふ》いた、海人《あま》の住む小家。

深草の　里の月影　寂しさも　住み来しままの　野べの秋風　源　通具《みなもとのみちとも》

【解釈】深草の里の月の光よ。その光も、その寂しさも、住んできた昔のままだし、深草の野辺の秋風も、その寂しさもまた、住んできた昔のままであることだ。

大江山　かたぶく月の　影冴えて　鳥羽田《とばた》の面《おも》に　落つるかりがね　慈円

【解釈】大江山の方角に沈みかかった月の光が冴えて、今しも鳥羽田の面におりる雁の声がしきりであることよ。

▼冬の歌

おき明《あか》す　秋の別れの　袖の露　霜こそ結べ　冬や来《き》ぬらん　藤原俊成

【解釈】秋との別れを惜しんで、起きたまま夜を明かすわたしの袖に置く露が、霜を結ぶことだ。冬が来てしまったのであろうか。

田子の浦に　うち出でて見れば　白妙の　富士の高嶺に　雪は降りつつ　山部赤人

【解釈】田子の浦に出て眺めると、真っ白な富士の高嶺に、雪は降り続けているよ。

※田子の浦は静岡市清水区の海岸。幻想的な富士の高嶺の景となる。

※万葉集は「田子の浦ゆ うち出でてみれば 真白にそ 不尽の高峰に 雪は降りける」。

▼賀の歌

高き屋に　登りて見れば　煙《けぶり》立つ　民のかまどは　にぎはひにけり　仁徳天皇

【解釈】高殿に登って見ると、炊煙《すいえん》がさかんに立っている。民の竈《かまど》はにぎやかになったことだ。

仁徳天皇が民の貧困を心配し、3年間課役を免じたので、民の生活が立ち直ったことは、『日本書紀』などに見える。民生の安定をうたいあげたこの歌が、「賀の歌」の巻頭に据えられたのは、和歌を政治とのかかわりで重要視した後鳥羽院の意志が反映したものといえる。

▼哀傷の歌

昨日見し　人はいかにと　驚けど　なほ長きに夜の　夢にぞありける　慈円

【解釈】昨日逢った人が、どうしてこのようにはかなく死んでしまったのかと、はっと驚くのだけど、そうしてみると、やはり「無明長夜の夢」といわれるような、長い生死《しょうじ》の迷いの中にいるわけなのだ。

あるはなく　なきは数添ふ　世の中に　あはれいづれの　日まで嘆かん　小野小町

【解釈】生きている人は亡くなり、亡くなった人は数が増していく世の中に、ああ、命のはかなさを、わたしもいつの日まで嘆くことであろうか。

▼雑《ぞう》の歌

夜もすがら　ひとりみ山の　槙《まき》の葉に　曇るも澄《す》める　有明の月　鴨長明

【解釈】一晩中、一人で見ていると、深山の槙の葉にさえぎられて曇っていた光も、夜が更けた今は、槙の葉を離れて、済んでいる有明の月よ。

あしひきの　こなたかなたに　道はあれど　都へいざと　いふ人ぞなき　菅原道真

【解釈】山のこちらにもあちらにも道はあるけれども、「都へ、さあ帰ろう」と言ってくれる人はいないよ。

世の中は　とてもかくても　同じこと　宮も藁屋も　果てしなければ　蝉丸

【解釈】世の中はどうあろうとこうあろうと、同じことだ。立派な宮殿だろうが、みすぼらしい藁屋だろうが、いつどうなるかわからない。限りというものはないのだから。

新古今和歌集の風景

王朝文化の振興に努めた後鳥羽院は、この地に風情をこらした離宮「水無瀬神宮」を造営し、歌合や蹴鞠に興じた。水無瀬とは、ふだん水がなく、雨の降ったときにようやく流れを見せる川のことを指す一般名詞。しかし日本文学で水無瀬といえば、水無瀬離宮をさす。水無瀬川はいまも晴れた日は水の無い瀬ではあるが、京都の南郊を走る桂川、宇治川、木津川が合流する「淀」に近く地下水に恵まれ、水無瀬神宮に湧き出る良質の天然水として知られている。

この水郷のおもむきを愛でた後鳥羽院は「見わたせば山もとかすむ水無瀬川夕べは秋となに思ひけん」と讃えるが、王朝の夢を政治世界にも復活させるべく、鎌倉幕府執権北条義時の追討を企てて承久3（1221）年に挙兵。しかしわずか1か月で敗北し、後鳥羽院ははるか西に浮かぶ隠岐に流された。水無瀬を思い続けた後鳥羽院だが、再び訪れることなく隠岐の地に没する。

「我が後生をも返す返す弔うべし」と記した後鳥羽院の置文によって、離宮跡に御影堂を建立したのが水無瀬神宮の始まり。哀れな末期であるが、配流後も『新古今和歌集』の改訂を続けた後鳥羽院は、最後まで歌の王者だった。

連歌の隆盛と衰退

鎌倉時代になると、和歌の余技・余興として藤原定家など『新古今集』の撰者たちも連歌を愛好した。鎌倉時代後期には、武士、僧侶、一般庶民の間にも広まった。南北朝期に入ると連歌はますます盛んになった。

我が国には古くから「尻取り」という遊びがある。詞の末尾の音と次の詞の頭首の音とが同音でつづくように、詞を連ねていく文字つなぎの遊戯である。連歌の形式的な基盤はこの尻取り遊びと同一のものであるとみることができる。

連歌は和歌における韻律（五七五と七七の音節）を基盤として、複数の作者が連作する詩形式であると定義することができる。

歴史的には、和歌の上の句（五七五）と下の句（七七）をそれぞれ別人が詠むという遊戯的な試みが連歌の起源であった。およそ院政期ごろまでに流行したこのような形式を「短連歌」と呼ぶ。院政期とは、院政を行う上皇が、国政の実権を握っていた時代。白河上皇の院政開始から、承久の乱の敗北による後鳥羽上皇の配流《はいる》までの約130年間。

連歌は「筑波の道」とも称されるが、これは連歌の起源が『古事記』にある甲斐国酒折（山梨県甲府市）において、倭建命《やまとたけるのみこと》と御火焼翁《みひたきのおきな》との筑波山を詠み込んだ唱和問答集に位置付けられていることによる。

御火焼翁という古代、神祇官などで火炬《ひたき》をした老人が、かがり火を焚いた。連歌といっているが、万葉集の和歌の一つ片歌ともいうようだ。和歌とは短歌、長歌、片歌、旋頭歌などの総称である。片歌は五七五、または五七七で一首をなす歌で、奈良時代以前には、多くは問答に用いた。

中世の鎌倉時代から100句を基準とする長連歌の形式が整えられ、南北朝時代を経て室町時代が最盛期とされる。連歌は能楽と並び室町文化を代表する遊戯の一つとされる。そもそも連歌というものは、五七五の前句（長句）に別の人が七七句の付句（短句）を唱和したり、またその反対順の短連歌から始まった。

有心連歌と無心連歌

連歌は和歌の会の余興として詠まれることがあるが、二人で前句と付句を詠み合うとはいっても、二人で一つの和歌を合作するのとは全く異なる。前句と付句を合わせてようやく意味が通るのは、認められない。

また連句の面白さは、前句の内容を受けて、如何に優雅に、あるいは機知のある付句を詠むかということにあり、付句の創意工夫に評価の観点がある。そのため、連歌は人々が集まって詠む「座」の文芸だから、集う人々の歌学的教養のレベルが揃っていないと、連歌を楽しむことができない。

連歌には平安時代以来の優雅さや、室町時代の美意識である幽玄を旨とする格調高い和歌的な有心《うしん》連歌と専ら言葉遊びや機知を旨とする座興的な無心連歌とがある。『菟玖波集』には両者が含まれているが、室町時代には初めは有心連歌が流行り、『水無瀬三吟百韻』はその最高峰であった。しかし室町時代末期になると、滑稽で平易な語句を用いる庶民的な無心連歌が流行った。『犬筑波集』はその典型である。そのような滑稽な連歌は「俳諧の連歌」と呼ばれた。

菟玖波集

室町時代には二条良基、宗祇、心敬などの連歌師が出現し、貴族の邸宅や有力寺社などで連歌会が催された。この時期、二条良基らによって『菟玖波集《つくば》』が撰集されている。応仁の乱で京都の文化が地方に伝播すると、連歌も畿内だけでなく日本各地で行われるようになった。周防の大名・大内政弘の発願により、宗祇らにより『新撰菟玖波集』が編まれた。

応仁の乱は1467年から1477年であるが、1466年2月4日、当時、実質的な連歌界の第一人者であった心敬は行助、専順、宗祇らと連歌を巻いている。既に都は不穏な空気に包まれていた。「巻く」とは、俳諧や連歌の付合をすることである。

この連歌は恋の句から懐旧の句、さらに風景の句へと展開していく。このような連想から連想へと連なる作品が一つの座敷で次々と披露される。応仁の乱前夜であることは、座敷の外のことである。その座敷にいる者は、次々と繰り広げる古典に裏付けられたイメージの世界、日本の文化の豊かな世界に遊ぶのである。

戦国時代から近世にかけても連歌は必須の教養とされた。戦国時代には里村紹巴《さとむらじょうは》が出て、連歌書を多く著すとともに、諸大名と交際し、教養としての連歌の地位を新興の大名のうちにも確立させた。

菟玖波集は連歌が貴族・庶民を問わず広く一般的な愛好を得て流行するようになるとともに、その文芸的な価値が、かつての賭博的遊芸の域から脱してようやく認められようとする機運をつかんで、撰集されたもののようである。

菟玖波集は、南北朝に長年関白であった二条良基が編纂した連歌集で、延文元(1356)年に成立。翌年には、勅撰に準ずるものとされた。当代の連歌ばかりでなく、古代からの連歌の集大成であり、連歌の文芸としての地位を確立。連歌は和歌と並ぶ文芸としての地位を確立するに至った。

菟玖波集の歌

後嵯峨上皇御製（1220～1272）

山陰しるき　雪の村消《むらぎえ》　新玉の　年の越えける　道なれや

【解釈】はっきりと見える山はだにには、雪がまだらに消え残っている。雪のむら消えになっているのは、新年が山を歩いて越えて来た跡であろうか。

後鳥羽院御製（1180～1239）

したはば袖の　色に出でなむ　時雨行く　やどのむら萩　うらがれて

【解釈】恋い慕うと（涙で袖が濡れるので）、隠している心が表われてしまうのでは。時雨が降る度に、わが庭の萩の下葉が黄葉（もみじ）して色濃くなることだ。

二条良基（1320～1388）

その品々や　またはるらむ　月霞む　はては雨夜に　なりにけり

【解釈】その色々な品々は、またそれぞれに変わってゆくことであろう。月は朧に霞んでいたが、ついには春雨の降る夜になってしまった。

新撰菟玖波集

中世の動乱は、中央文化と地方文化の交流を一層活発なものにした。当時、東方の鎌倉、江戸、宇都宮を中心とする関東文化に対し、西方には対中国（明）貿易で巨利を得た大内氏を中心に、山口、博多、太宰府を中心とする文化圏があった。

そこに応仁の乱がおこった。全国的に武士階級は、京都を中心に集まると同時に、京都の公卿文化人は地方に避難疎開し、京都文化人と地方の富裕な豪族の武家との新しい接触がおこり、文化的交流が行われたと考えられる。

この『新撰菟玖波集』の企画撰集も新たな両者の接触がもたらした一つの文化現象とも考えられる。勿論、そうした機運をうながした背景には、連歌のすさまじい武家、庶民階層への浸透、流行があってのことであることは勿論である。

『新撰菟玖波集』は周防（山口）の大内政弘の発起により、一条冬良《ふゆら》、三条西実隆《さねたか》、宗祇、兼載らの共同編集。勅撰和歌集の部立を踏襲しているのは、先行の『菟玖波集』と同様だが、俳諧の部は『菟玖波集』にあり『新撰菟玖波集』にはない。

菟玖波集・新撰菟玖波集という二つの準勅撰和歌集は、連歌の社会的地位を飛躍的に高めたが、それまで言い捨てて構わない、当座の感興があればいいと考えられていた連歌を、書き残す必要がある文芸と考えられる物にした。しかし、それによる弊害もあった。連歌がまじめで優美な文芸になってしまったのだ。

平安時代の短連歌を見ると、余り優美と言えない作品がいくらでもある。多くはダジャレに類するものである。しかし面白おかしい作品が、連歌の社会的地位が高まると消えてしまった。そこで、そういう面白おかしい作品がいいと思う人達は、『竹馬狂吟集』とか『新撰犬筑波集』の面白おかしい作品ばかり集めた方へ行った。

庶民が文芸的なものを選ぶか、滑稽な方を選ぶか、いつの時代でも二つに別れたようである。

新撰菟玖波集の歌

宗砌《そうぜい》法師（不詳～1455）

室町中期の連歌師。七賢の一人。

日かげほのめく　雨のあさかぜ　山はけふ　雲ゐにかすむ　雪きえて

【解釈】雨もようの朝に、日ざしが照ったり隠れたり見え隠れする。今日はじめて気がついたよ。昨日まで見えた山頂の雪は消えて、遠山は雲のかかっている辺りまで一面に霞んで見える。

智蘊《ちうん》法師（不詳〜*1448*）

室町中期の連歌師。七賢の一人。

月めぐり 鶏うたふ 聲はして 關の木ずゑの あきの山かぜ

【解釈】月は東から廻って西に傾き、鶏の夜明けの刻を告げる声がして、暁も近いらしい。古関の梢には、山の方から吹く秋風が粛条《しょうじょう》と吹きはじめてきた。

法印行助（不詳）

法印とは、中世以降、僧位に準じて連歌師などに授けた称号。

たたずむ影ぞ 月にみえける よしさらば かへるさいそげ 名やもれん

【解釈】たたずみ逍遙する人影が月の明るさに見えるよう。よしそれならば、恋人の許からの帰りを急ごう。ぐずぐずしていては、恋の浮名が世に漏れるかもしれない。

能阿《のうあ》法師（*1397*〜*1471*）

室町中期の連歌師。能阿弥ともいう。

かはすこと葉は よしやなくとも 去年《こぞ》みしを 花にとはばや わするなよ

【解釈】たとい互いに取り交わす言葉はなくとも、互いの心に変わりがあろうか。去年自

分がこの同じ花を見に来たことを花に尋ねてみようか、まさか忘れてはいない、
たとい自分と花と交わす言葉はなくとも。

権大僧都心敬《しんけい》（1406〜1475）
室町中期の歌人・連歌師。七賢の一人。
はてはただ　よきもあしきも　なき世にて　はなちるあとは　なぜものこらす
【解釈】よく観ずれば、事物一切のゆきつく極まりは、善もなく悪もない、すべて無差別な世の中である。よい花もなければ、悪い風もない。
※前句の傍観を具象化して応じたもの。

法眼専順《ほうげんせんじゅん》（1411〜1476）
室町中期の連歌師。法眼は僧位。
かすかにのこる　やまみちのするゑ　花やしる　去年もわれこそ　たづねつれ
【解釈】人の通いも稀な山路、あるかなきかに道らしい跡が残って、山路ははるか彼方に続いている。誰も知るまい、しかし花だけは知っているね。去年も、いや毎年欠かさず自分だけは。
※この深山の花を愛でにやってきたことを、と花へ呼びかけたもの。

宗伊《そうい》法師（*1418〜1486*）

室町中期の連歌師。七賢の一人。

むかえば月に　人ぞまたるる　夕霧に　花さく草の　戸をささで

【解釈】清澄な月に向かい合っていると、千々に物思われてきて、人恋しくなってくる。咲き乱れた秋草に夕露がしっとり置いている。侘しい庵の戸は半ばあいて、秋の月が射し込んで人待ち顔である。

※秋の月に対して古来から抱かれた気持。

宗祇法師（*1421〜1502*）

室町末期の連歌師。

人の身や　むまるるたびに　うからまし　はなにてしりぬ　世々のはるかぜ

【解釈】人の身ほど、何時死ぬともわからず儚いものはない。人の生まれる度ごとにそれを感じて、つらいだろうなあと思われる。あの美しい花を見ていると、その道理、宿命が理解できる。毎年、花は咲いても、春風が吹けば、必ず儚く散ってゆかねばならない宿命であることを。

『明智光秀張行百韻』の通釈

時は今　天《あま》が下《した》知る　五月かな　発句　光秀

【解釈】今はまさしくこの世は五月そのものである。

※暦は天が決定して知らしめる。下知する意味になる。

※この連歌は戦勝祈願であるため。「天が下しる五月」は「天下を治めることになる五月」とも読み取れる。内容上はますます発句にふさわしくなる。

水上まさる　裏の夏山　脇句　行祐

【解釈】五月雨の降り続く目の前の裏の夏山を見ていると、さぞ川上は水がたぎっていることであろう。

※五月雨は野山を水で満たすとされていた。

花落つる　池の流れを　塞《せ》き止めて　三句　紹巴

【解釈】花が散り落ちた池の流れを何かが塞ぎ止めている。

このように連歌は百句まで続く。

短連歌と長連歌

連歌発生の基盤は韻文による対話応答である。随《したが》ってそれは笑いと機智とを基調にした人間性ゆたかな内容のものであった。韻文は多く片歌形式が用いられたらしい。

しかし、時代的嗜好、社会環境その他によって片歌、旋頭歌等の歌謡形式が衰微し、短歌形式が圧倒的に流行し始めるようになると、人々はかつての片歌形式による対話応答の機智を短歌形式を二分した型をかりて、即ち五七・五七七また五七五・七七等の形式で新しく試みはじめた。

短連歌は前句と付句の2句の唱和から成る連歌。平安末の院政期に入ると、こうした二句一連の短連歌のほかに長連歌が発生した。

長連歌とは五七五―七七―五七五と長句、短句を交互にまじえながら句をつないでいく鎖連歌のことである。

長連歌が発生するには、長句（上句）に短句（下句）を付ける代わりに短句で言いかけて長句で応答する形式が生まれねばならなかったこととともに、短連歌が原則的に二人の間の対話で成立したのに対し、三句四句と連続するには三人以上の会衆が必要であったろう。

長句　五七五

短句　七七
五七五七七五七五七七・・・五七五七七
発句　脇　　　　　　　　挙句

連歌、俳諧などの連句文芸の特色は、前句の意味や世界は与えられたもの、自分自身の連想を働かせて新しい句境を突き進まねばならない。即ち人々は、まず与えられた前句を各人なりに様々に理解して享受する。理解鑑賞されると、その理解された心象や情趣、気分が基になって、それに被いかぶさるように、或いは前句の残像に融和し、そのなかから浮かびあがるように新しい表象世界や情趣が連想される。その表象された世界が句として制作されていくのである。

菟玖波集の俳諧的な作品

菟玖波集は文芸性の支えをなしている作品は、幽玄美を指向しながら、俳諧的な作品をも含み、全体的に生き生きとして躍動的な一面を有する。だが、新菟玖波集には俳諧的な作品はない。

涙にそむる　袖をみせばや　玉づきの　薄墨なるを　読みかねて

【解釈】自分は毎日毎晩、どんなに嘆きの涙に浸っていることか。そのために濡れて紅に染まった袖を、薄情な人に見せたいものだ。恋文の字が薄墨をつかって書かれているのを、どうも判断しかねて。

※文字の薄れていたのを、泣いた涙で染まったためだとした付合である。

うき名ばかりや　よそに立つらん　恋をのみ　須磨のしほやの　夕煙

【解釈】全然無実の艶聞ばかりが世間にたっているらしい。恋をしている苦しい胸の痛みは、須磨の塩屋の夕煙のように、すぐに露顕するものらしい。

ひだるきに　つのひかるるぞ　心えぬ　やぶれぐるまを　かくるやせうし

【解釈】ひもじくて仕様のないのに、角を引き回されて扱い使われるのは合点がいかぬ。

※破れ車をかけつないだ痩せ牛、前句の不平を痩せ牛の繰り言にとりなしたもの。

連歌の衰退として、連歌が社会に認知されなくなったのには、いくつかの理由がある。例えば、江戸時代を通じて、連歌が幕府を始め諸大名家の儀礼用文芸のように扱われ、いくつかの連歌宗匠家には家禄が与えられ保護されたために、幕府崩壊と共に、自立する力を削がれてしまった。

しかし、若年寄支配であった能・狂言や、連歌同様に寺社奉行支配に置かれていた囲碁・将棋なども同じことであったはずである。それらも明治期に家の存在に苦心し、多くの家が断絶したことは確かであるが、新時代の混乱が始まると近代市民のための娯楽として蘇った。連歌の方はそうはいかなかったのである。

連歌の場合は能などと違って、極めて類似した形態を持つ俳諧という文芸が同時期に存在したこともその衰退に影響したかも知れない。既に、連歌は江戸期において俳諧にその場を狭められていた。

このように言うと連歌に代わって俳諧が近代に継続したかに思われるかもしれないが、実は俳諧も連歌ほどではないにしても、ほとんどかえりみられなくなってしまった。

つまりは連歌・俳諧に共通する何かが近代になって見捨てられたのである。近代という観念がかえりみなくなったもの、さらには文芸面だけに限らず、近代が意識的に捨て去ろうとしたもの、それが連歌・俳諧にあったと言えるのであろう。

現代では連歌・俳諧は見捨てられているが、川柳が通った文芸である。これからはさらに山﨑宗鑑編の初期俳諧発句付句集に筆を進める。古今和歌集の「誹諧歌」から俳諧が息を吹き返す。和歌の余技として始まった連歌は、庶民の間でも流行し、田楽や猿楽、狂言の見物のかたわれで上下を問わず行われていたらしい。

二条良基は犬山城主・成瀬家の先祖

愛知県犬山市の犬山城に、江戸時代初期の元和3（1617）年に成瀬正成が入城した。三万石の尾張藩付家老としての城主である。明治時代の廃藩置県まで続いた。

二条良基は南北朝の対立抗争を避け、家人・三河国賀茂郡野口庄の住人・深見丹波守に伴われ同郡・足助ノ庄（林間村）に数年間寓居した。足助二郎重範の舎弟・三郎重明に養われていた菊野という女性を妾として二子ができる。長子・成瀬竹千代丸繁衡《しげひら》と第二子・成瀬三吉丸雅衡《まさひら》である。二条良基の第二子雅衡が犬山城主・成瀬家の先祖になる。足助は現在の豊田市足助（旧足助町）。

雅衡―基久―基直―政直―直庸―國平―國重―正頼―正義―正一―正成

正成が初代犬山城主・成瀬家の先祖になる。正成の父・正一は、兄・正義が戦死したので、その遺跡を継ぐ。足助を出て武田信玄の家臣の組下になり、川中島の戦いで活躍する。その後、徳川家康の家臣になり、長篠の戦いで活躍する。成瀬の軍団は鉄砲隊として活躍。犬山市資料館に長篠の戦いの屏風絵があり、成瀬正一と一族の鉄砲隊が描かれている。

初代犬山城主・正成は幼名小吉、幼少において家康公の小姓に召し出される。成瀬小吉は16歳の初陣で小牧長久手の戦いに出陣。手柄を立て、家康から褒美をいただく。

徳川家康の第九子・義直が名古屋城完成後に名古屋城に移り、その付家老となった成瀬正成も名古屋に来て、翌3年に犬山城を拝領した。家臣団は武田衆、根来衆《ねごろ》などがいるが、家康と同様に役に立つ残党を家臣に迎えている。

成瀬の軍団は戦国時代を戦い続けた武田軍の残党の一部。信長に敗れた紀州・根来の鉄砲集団の残党が加わり活躍したので、徳川家康は成瀬の鉄砲隊に注目した。犬山城を拝領されて、成瀬家の軍団が入城したとき、残党を集めた荒々しい鉄砲集団なので、犬山の領民は「他国から来た異様な集団」に恐れを抱いて見ていたらしい。二条関白藤原良基を先祖に持つ成瀬家が、公卿から戦国武者に変貌して犬山城主に至る過程が興味深い。

犬山城の天守閣は、今日わが国に残っている天守閣のうちでは最古のもので、国の重要文化財として城主成瀬家が管理していたが、現在は犬山市が管理している。

外観こそは三層であるが内部に入れば四重に高まってゆく。この城は白帝城とも呼ばれ、天守閣からは濃尾の大平野を俯瞰し得ると共に、遠く濃尾・信州・飛騨・越後の諸峯より伊吹・鈴鹿の連山を展望することが出来る。犬山城の歌を挙げる。

城守は　戸さし終りて　闇の中に　尺八吹きぬ　秋の夕くれ　佐佐木信綱
桑畑の　中をすぎ来て　かへりみる　犬山の城は　秋霞せり　若山　牧水

※成瀬家歴代城主

正成　元和４年―寛永２年　8年間
正虎　寛永２年―万治２年　35年間
正親　万治２年―元禄16年　45年間
正幸　元禄16年―享保17年　30年間
正泰　享保17年―明和５年　37年間
正典　明和５年―文化６年　42年間
正寿　文化６年―天保９年　30年間
正住　天保９年―安政４年　20年間
正肥　安政４年―明治２年　13年間
廃藩後及び地方庁時代
　　明治２年―明治28年　27年間
正肥　明治28年―明治36年　9年間

正雄　明治36年―昭和24年　49年間
正勝　昭和24年―昭和48年　25年間
正俊　昭和48年―平成20年　15年間

青松葉事件

幕末の慶応4（1868）年1月20日から25日にかけて、尾張藩14代藩主・徳川慶勝《よしかつ》が、藩内において「佐幕派」とされた家臣を粛清した事件である。

それまで京都で大政奉還後の政治的処理を行っていた慶勝が「姦徒誅戮《かんとちゅうりく》」の勅命を受けて、帰国した直後に処罰が実行された。対象者は重臣から一般的藩士までに及び、斬首14名、処罰20名にのぼった。

尾張藩は徳川御三家筆頭の立場であったが、慶応3年12月9日の政変（王政復古）に薩摩藩、芸州藩、越前藩、土佐藩とともに参加し、当時、隠居の立場であった徳川慶勝が新政府の議定に、尊王攘夷派家臣の田宮如雲らが参与に就任した。慶応4年1月3日には、旧幕府勢力と薩摩、長州ら新政府軍との間で鳥羽・伏見の戦いが勃発する。

新政府軍は鳥羽・伏見の戦いで勝利し、徳川慶喜追討令を発出したが、名古屋川以東には幕府譜代の大名が多く、旧幕府勢力の再度の西上も考えられる情勢であった。

このころ、尾張藩の国許においては、慶勝の子で現藩主・16代の元千代（徳川義宜）を擁して旧幕府勢力を支援し、薩長と対決しようと、在国家臣を扇動する動きがあったという。この動きは在京の藩重臣にも伝達され、慶勝は田宮や付家老・成瀬正肥《まさみつ》らと協議した結果、朝廷に対し帰国を仰いだとされる。朝廷は帰国を命じた。

朝礼に基づき、尾張藩は続いて三河、遠江、駿河、美濃、上野など東海道、中山道沿道沿岸の大名・旗本領に派遣し、新政府恭順の証拠として、「勤王証書」を提出させる活動を繰り広げた。東征軍は大きな戦闘を経験することなく進軍することができたといわれる。

この事件は、処刑された重臣うちの筆頭格である渡辺新左エ門家の別称が「青松葉」とされていたことから、「青松葉事件」と呼ばれるようになった。

勤王派の付家老・成瀬正肥が徳川慶勝と結束を強め、青松葉事件で佐幕派を一掃したのである。成瀬正肥は二条良基の子孫にあたる。明治維新になって子爵になった。

青松葉事件は、まだ謎が多いとされるが、明治時代から、この事件の真相を究明しようとすると、斬首された子孫から睨まれ、殺されるというデマが市中に飛んだので、誰もが恐れて究明しようとしなかった。今でも歴史に埋もれたままである。

成瀬家は慶応4年、大名になったが、明治4年の廃藩置県により廃止された。

俳諧の連歌

俳諧の連歌

「俳諧の連歌」は連歌の一体。古く座興の言い捨てとして行われていたが、室町末期、山崎宗鑑・荒木田守武らの頃から盛んになった卑近・滑稽を旨とする連歌。

山崎宗鑑は、室町時代の連歌師。俳諧の祖。俳諧連歌に重きをおき、俳諧独立の機運を作り「新撰犬筑波集」を編纂した。荒木田守武は、室町末期の俳諧連歌作者。宗鑑の「犬筑波」と共に、俳諧が連歌から独立する機運を起こした。

江戸時代に入って、貞門《ていもん》・談林・蕉風などの諸流が起こった。後には「俳諧」とのみ称した。貞門派は俳諧の流派で、松永貞徳を祖とする。談林派は談林風を奉じた俳諧の流派である。

潁原退蔵の考え

潁原退蔵氏は国文学者。京都大学教授、江戸文学、殊に俳諧を研究。著書『俳諧史の研究』などがある。『潁原退蔵著作集』は第一巻から第二十巻ある。私の蔵書・第十五巻、俳諧について書いていているので紹介したい。

俳諧が連歌から独立を認めらるべき特質は、その通俗性と自由性とにあった。川柳が俳諧から分岐した契機も、またこれと趣を同じくしている。即ち天明の中興期に芭蕉精神への復興を強調した俳諧は、かの俗談平話を正す事にやがて通俗性から、むしろ遠ざかる傾向を示した。その際に従来の前句附と、一句立の趣向を喜んだ点取り俳諧とが合して、新たに川柳の分野を拓いたとみられるのである。だから川柳は言わば俳諧に於ける通俗性の再認識として生まれたものであった。勿論俳諧は俳諧自体としての通俗性を失ったのではない。それが専ら「さび」「しおり」を理念に導かれて行ったのに対し、川柳は専ら「おかしみ」をその特質として展開したのである。

※「寂《さび》」は、蕉風俳諧の根本理念の一つ。句に備わる閑寂な情調。
※「撓《しおり》」は、蕉風俳諧の根本理念の一つ。人間や自然を哀隣をもって眺める心から流露したものがおのずから句の姿に現れたもの。
※「俗談平和」とは卑近な俗語や日常の言葉。芭蕉が俳諧について、俗談平話を用いつつ、高い文芸性を求めるものと説いたとして知られる。

俳諧の通俗性もまた当初は「おかしみ」を主としたものであった。俳諧の字義は言うまでもなく滑稽の意である。而《しか》して貞門、談林時代までは、まさにその字義の如く滑稽の文芸であり、しかもその滑稽は専ら知性に訴えるものであった。即ち縁語、掛詞、見立て、譬喩等の技巧的表現が「おかしみ」の根底をなしたのである。

もし川柳の「おかしみ」がやはりこれと同じ根底に立つものであったなら、それは畢竟古風俳諧への幼稚な逆転に過ぎなかった。けれども明和・安永の『柳多留』の「おかしみ」は、明らかにもっと深い人間生活の洞察から発している。そこに川柳の「おかしみ」が、新しい文芸としての確乎たる立場を保持し得たのである。

川柳の量的普及はやがて質的堕落を招くに至った。これは指導者にすぐれた人が出なかったのと、川柳作家の大多数が言葉による表現の面白さを競うことを求めたためである。とにかく、文化・文政以後の川柳は、もはや風俗・言語の研究資料に供せられるぐらいの役目しか果たしていない。

連歌から俳諧の連歌へ移行

室町時代に入ると、二条良基撰の連歌集『菟玖波集』から第二の連歌集『新撰菟玖波集』が撰せられたが、これには俳諧の部立てはなかった。

その4年後に、俳諧連歌の集である『竹馬狂吟集』が、その後、50年後には宗鑑の『俳諧連歌抄』がまとめられた。

『古今集』にある「誹諧歌」と同じ性格のものとして、「俳諧歌」が和歌の一体とされているところから、「俳諧」も連歌の一体としている。連歌から「俳諧の連歌」までの「各集」は次の通り。

『菟玖波集』　二条良基撰　1357年成立
『水無瀬三吟百韻』　宗祇撰　1488年成立
『新撰菟玖波集』　宗祇撰　1495年成立
※新撰菟玖波集は、二条良基の『菟玖波集』にならって、連歌約2000句を新たに精選。
『竹馬狂吟集』　編者未詳　1499年成立
『犬筑波集』　山崎宗鑑撰　1532年成立
※新撰犬筑波集は当初『俳諧連歌抄』といったが、その後『犬筑波集』の名が定着した（刊本）。『犬筑波集』と『新撰犬筑波集』は同じもの（整版本）。「犬」は連歌からの俳諧連歌に対する卑称である。『新撰犬筑波集』は連歌集たる『新撰菟玖波集』に対する表現となっている。
『守武千句』　荒木田守武の独吟　1540年成立

これらはやがて近世の俳諧へつながっていく。俳諧とは「おどけ」「たわむれ」を意味する言葉で、連歌会のあとの気楽な余興として俳諧の連歌が楽しまれていた。鎌倉時代の無心連歌の流れをくむものである。宗祇以後の純正連歌が規則にしばられ形式化するにつれて、庶民の笑いや機知を反映した俳諧の連歌が流行してきた。

卑俗、滑稽をねらう無心連歌（後の俳諧の連歌）は、題材・用語などが優雅な有心《うしん》連歌は連歌に対するもの。滑稽は万葉集からある。古今集にあって、新古今集にない。そして菟玖波集にあって、新撰菟玖波集にはない。滑稽は文芸史の中で、浮沈を繰り返してきた。

なお、俳諧の連歌は、最初の勅撰和歌集である『古今和歌集』に誹諧歌と書かれているため、室町時代には殆ど「誹」の字が使われている。

和歌が上（五七五）の句と下（七七）句と合わせて一つのまとまった内容を作るのに対し、俳諧の連歌は前句と附句とが互いに対立関係にあってその中で機知的な面白さを出している。

それは古代の習俗としてあった歌の掛け合いや、それに関連して生じる言葉遊びにその源が考えられる。「掛詞」と「駄洒落」を混同しないようにしたいものである。

竹馬狂吟集

室町時代の人びとの明るく楽しい心と、それまでの伝統的貴族的な文学から新しく庶民的な自由な境地のものへと移っていく姿があった。代表的なものに『竹馬狂吟集』がある。編著者不詳。後年、山崎宗鑑編というのは誤りである。日本で最初の俳諧撰集で、縁語、掛詞を駆使して滑稽、通俗な世界を描き出す。「俳諧の連歌」は「連句」ともいい、後に「俳諧」と略された。

文芸名を「俳諧の連歌」にするか「狂吟」にするか、議論があったらしい。「狂」が付くのは、狂歌、狂句があるが、現代人は「狂」を嫌うようである。狂は笑いの要素があることをいうのだが、「能」に対する「狂言」が芸能名として残った。「狂俳」は濃尾地方などに多く行われた雑俳で、今日でも一宮市、春日井市、阿久比町、岡崎市、みよし市、豊川市に団体があり、愛知県文化協会連合会に所属している。次に竹馬狂吟集の前句附を紹介する。

前句　げす女房もまゆをひらけり

【解説】下賤な女までも一人前に悦に入っているよ。「女房」は中世では一般の婦人を指す。「げす女房」は下働きの女中衆をいっている。「まゆをひらく」は心配事がなくなって悦びが顔に表われること。「愁眉を開く」と同じ。

附句　さかやなるかどの柳の桶とりて

【解説】桶は桶でもいつもの水桶でなく、今日は酒屋の門先の柳樽から正月の祝い酒を飲んで。

前句　花を折りをりうそをこそ吹け

【解説】花を折りつつ鼻歌を口ずさんでいるよ。「うそを吹く」は、蜂を追い払うために口をすぼめて息を強く吐くこと。口笛を吹くこと、「うそ」は「嘘」ではなく「嘯《うそぶ》（く）」のこと。

附句　軒端なるはちのずはいに梅さきて

【解説】軒端の蜂の巣のある若枝に梅が咲いてね。実は鼻歌でなくて蜂を吹き払っているのさ。前句の花「桜」を梅と見定め、前句の「うそを吹く」の意味を転じて、その枝に巣くっている蜂を恐れてふうふう吹き払っている姿に変えた。「ずはい」は若い小枝。

前句　足なくて雲の走るはあやしきに

【解説】雲が走るというが、足のない雲が走るのは不思議なことだ。

附句　何をふまへてかすみたつらん

【解説】それなら霞は何をふまえて立つのであろうか。「雲が走る」という成語に対して、「霞立つ」の成語で言い立てた。

前句　病ある子や夜なきするらん

【解説】病気の子が夜泣きをするのだろうか。

附句　寝て聞けばあらしにはなのちりけにて

【解説】添え寝して看病していると、子供はちりけの病のために嵐に花の散るように、こと切れそうな様子で夜泣きする。「ちりけ」は頭に血の逆上する小児の病気。疳の虫。

前句　歌をよみつつ花を見るなり

【解説】歌を詠じながら花を見るのだ。

附句　梅が香の袖をひかうのやさしくて

【解説】その梅の香が自分の袖をひこうとして引きとめる心やさしさに、披講じゃないが歌を詠みあげるのだ。「袖をひかう」は「袖をひく」と「歌の披講」とを掛ける。歌に披講、花に梅が対応。前句の風流な人の様子に対して、同じく風雅な情景を付けた。

前句　あなおそろしや夜の盗人

【解説】ああ恐ろしや恐ろしや、夜の盗賊というものは。

附句　若俗に昼寝のものをまづ見せて

【解説】若衆に昼寝の時に自分の「根のもの」をあらかじめ見せておいて、夜になるとそいつは穴盗人なんだから。前句「あなおそろし」の「あな」は若衆の尻の穴と見立てて、昼寝の「ね」に「根」（男根）を掛け、まず見せておくのは夜の魂胆があるからで、ほんにまあおそろしいことだとなる。若衆は若俗ともいい、男色関係で弟分になる人。「若衆道」は男色の道という。「俳諧の連歌」の前句附には卑猥な句もある。この当時は男色もあり、江戸時代の「陰間」に続く。柳多留にも男色の句がある。現代も男娼が存在する。

前句　かうやく売りも恋をこそすれ

【解説】膏薬売りだって恋はするものだ。

附句　玉づさを竹の皮にや包むらん

【解説】恋文を普通なら紙で包むのに、きっと商売用の薬を包む竹の皮で包むことだろう。

通常膏薬は竹の皮に包んだ。「玉梓《たまずさ》」は、便りを運ぶ使者が持つ梓《あずさ》の杖から、手紙そのものをいう。

前句　足軽とこんにゃく売りといさかひて
【解説】足軽とこんにゃく売りとがけんかして。
附句　槍の先にぞさしみせらるる
【解説】こんにゃく売りは、持ち物のこんにゃくが刺身にされるように、足軽の持ち物である槍の先で串刺しにされ、刺身にされてしまった。足軽と槍、こんにゃくとさしみが対応。「さしみ」は身を刺すの意を掛ける。足軽は徒歩で戦う身軽な兵士で、多くは槍を持って先陣をつとめる。応仁の乱頃より雇われ、精悍であったが他面、放火、略奪などの狼藉もよくやった。

犬筑波集

室町時代の俳諧句集。山崎宗鑑撰。1530年前後の成立。古写本には『俳諧連歌抄』などとみえる。俳諧連歌を略して俳諧となる。

「犬」は連歌の『新撰菟玖波集』に対する俳諧としての卑称（劣の意味）である。俳諧撰集としては、１４９９年成立の『竹馬狂吟集』についで古い。「狂吟」とあるが、その後、「俳諧」になった。「俳諧」の名前の方が「狂」が付かないので良かったと思う。

作風は和歌的優美さを附句で卑俗に逆転したり、卑猥な描写をよみこんだ句が多いという。室町時代の俳諧が江戸川柳の俳諧にも卑俗な句風が引き継がれたものと考える。卑俗でこっけいな表現を打ち出し、俳諧が連歌から独立する契機となった。

前出の通り『犬筑波集』は通称であり『新撰犬筑波集』のこと。作風は自由奔放、哄笑《こうしょう》の声が聞こえてきそうな雰囲気であった。江戸時代、奔放な作風は次に来る貞門派よりも、むしろ談林俳諧の展開に大きな影響を与えた。俳諧江戸座の慶紀逸が『武玉川』を編纂したところに繋がる。

撰者・山崎宗鑑は卑俗、滑稽という俳諧の本質にかなった傑作を精選したらしく、そこには、技法的に見れば、縁語、掛詞、もじり、比喩、非論理反常識などの言語機知による笑いがあり、素材的に見れば、卑俗語の自由な使用や、卑猥、不道徳による闊達な笑いが満ちて、滑稽表現のあらゆる可能性が出尽くしている。

※「もじり」は諷刺や滑稽化などのために元の文句、特に有名な詩句などを言い換える。古歌をもじった川柳を『犬筑波集』から挙げてみる。

前句　きりたくもあり切りたくもなし

附句　ア　盗人をとらへて見れば我が子なり

イ　さやかなる月を隠せる花の枝

ウ　心よき的矢の少し長きをば

【解釈】ア、盗人を捕まえたら、我が子であった。斬ろうか斬るまいか迷っている様子。罪を犯した我が子への複雑な気持ち。

※アは大変有名な附句である。この附句が川柳の入門書などで紹介されているが、初代川柳以前の室町時代の前句附の附句である。多くの川柳人が江戸の『柳多留』に掲載されていると勘違いしている。柳多留初篇から代表的な附句を掲載した方が川柳入門書として相応しいと思う。

イ、花の枝が月を隠して見えない。月を愛でるためには、同じく愛でるべき対象である花の枝を切らなければならない。風流子の心の葛藤がある。

ウ、気持ち良く的の中心を捉える矢が少しだけ長く感じているのだが、これを切ってしまうと、良い感じが無くなってしまうかもしれない。さてどうしたものか。練習中の武士が悩んでいる。

前句　かすみのころもすそはぬれけり
附句　さを姫のはるたちながらしとをして

【解説】霞の衣は天女などの着る衣とし、春を司る女神・佐保姫を配した。立春に霞が野に山にかかっていて、薄い衣で包まれたようにボーッとしているが、その裾の方は少し消えかけるのを濡れるとし、これは女神が尿（しと）をされたためである。
美しいものを尾籠にもってゆき、特に春立つというに立ちながら用を足したのは下劣である。すなわち「粋なねえちゃん立小便」、昔は女性でも立小便をする人がいた。美を詠わずに醜を描こうとした。これは優雅純正な連歌に対して選者が型を破ろうとして、特に『犬筑波集』の巻頭にすえたものか。
※「佐保姫」は、春をつかさどる女神。
※「尿《しと》」は小便。
※「尾籠《びろう》」は、きたなく、けがらわしくて、人前で失礼にあたること。

前句　大薙刀に春風ぞ吹く
附句　弁慶もけふや花火を散らすらん

【解説】大薙刀に弁慶を付け、火花を散らして戦う。風に花を散らすと応ず。五条橋頭・義経と戦って苦戦するさまに喩《たと》う。

前句　源氏の君にもるにごりさけ
附句　ゆふかほの宿の亭主の出合ひにて

【解説】にごりさけは濁酒、風流な源氏の君に下品な酒をすすめるという田舎源氏の状で、通俗なものとした。従って附句にも宿の亭主と俗化して付けた。
※「ゆふがほ」は、源氏物語の巻名であり、その女主人公の名。

前句　あらぬ所に火をともしけり
附句　いかにして螢の尻は光るらん

【解説】火に螢、ともすに光る。あらぬ所に尻がよく付いている。予期しないところの火を螢火にとりなしたところ、俳味ゆたかである。
※「俳味」は俳諧的な味わい。洒脱の要素を持つ庶民的な趣味。

前句　折々人にぬかるるぞ憂《う》し
附句　竹の子の隣の庭へ根をさして

【解説】「人にぬかるる」は一緒に走る時、後より来る人に先んぜられるをいう。それを筍を抜きとられるに取りなした。竹はこちらの屋敷にあるが、竹の子は隣家の庭に出たので。

※「憂し」は、なさけない。みじめである。

前句　小町も尼になりて語らへ
附句　花の色はうつりにけりな梅ほうし

【解説】梅ほうし（法師）は年老いて皺になった人をいう。小町の「花のいろはうつりにけりな徒に我が身世にふるながめせしまに」の歌にその老衰を嘆いたことを付けた。

前句　思う程こそくらはれにけれ
附句　夜もすがら破れ蚊帳の中にねて

【解説】何を食われたか明らかでない。それを蚊に刺された意に取った。犬筑波集の作品は卑俗だが、中には俳味のある作品もある。

犬筑波集　秋部

前句　すいすい風の荻に吹く風
附句　なく虫もむかばやぬけてよわるらん

【解説】すいすいは風の物に当たる聲。秋の淋しさをいうに荻の上風など多く歌に詠んでいる。むかばは向歯。上部の前歯をいう。虫の聲が秋になって次第に衰えるのをおどけていう。荻はイネ科の多年草。

前句　鎌倉山に油をぞぬる
附句　頼朝の待たるる月やきしむらん

【解説】鎌倉山が静かに滑らかな様子を油を塗るといい、山の端にひっかかって月の出足が遅いので油を塗って軋まないようにして早くでるのを待つと洒落た附合で、鎌倉に頼朝をつけた。附句は頼朝の身上にも触れた句のようである。「きしむ」はきしきしとすれる音をいう。

前句　雲のはらにもつくる膏薬
附句　月星は皆はれものの類いにて

【解説】腫物はふき出る。月星も雲間から出る。大空の月や星を雲の破れをつくろう膏薬と看破した。

前句　心をつけて見よ秋の風
附句　雲霧はあるか本来なきものか

【解説】真如蔵本には秋の月となっている。禅の問答を読むが如く、教訓の付合。

前句　高野聖《ひじり》の宿をかる聲
附句　大きなる笠きて月もふくる夜に

【解説】宗長《そうちょう》手記には荒野聖の宿をかる聲を前句として、「夏のよのやぶれかや堂たちいでて」と附けてある。高野聖は大笠をかぶる。笠を月の暈に言い隠す。宗長は連歌師・島田宗長のこと。

前句　雲の衣を誰かはぐらむ
附句　いつよりも今宵の月は赤はだか

【解説】雲もなき明日をおどけて、雲の衣を剥ぐという。霞を霞の衣といい、雲を雲の衣という詩人の常。剥ぐといい赤裸といい強盗などのわざのように述べて俳諧とした。

前句　かぶりかぶりの秋の夕暮
附句　棚機《たなばた》や舟待ちかねて泳ぐらん
【解説】かぶりかぶりは赤子の首を左右に振り、いやいやすること。それを泳ぐ時の頭をふることに見立てて附く。織姫星が牽牛星の交会《きょうかい》が遅いとて渡り船を待ちわびて水中に飛び入りて泳ぎ着こうと滑稽的に言った。

前句　いひたきやうにゆふ暮の空
附句　三日月を弓か或は釣針か
【解説】ゆふ暮にいふをかけ、言い放題勝手にとの前句に三日月をつけ、その形容をいろいろと勝手に喩《たと》えていうとした。

前句　三星になる酒の杯
附句　七夕も子を設けてや祝ふらむ
【解説】三星の杯は造り物なき洲浜の臺に大中小の３つの杯を品字形に並べ置くこと。牽牛織姫の二星の旁に他の小さい一つ星あるを三星に見立てた作。

前句　**どことも言わず契りこそすれ**
附句　**ひざうする庭の草花こひめごぜ**
【解説】前句は会する場所はきめずに契りおいたとの恋の句。こひめごぜは小姫午前か。草花を小姫と見、上の契りにつく。ひざうは秘蔵にて大切にする義。

前句　**上にかたかた下にかたかた**
附句　**三日月の水にうつろふ影みえて**
【解説】前句は謎のようだ。八雲御抄《やくもみしょう》の歌として「雲間ゆくかたはれ月のかたわれは水にも落ちてありけるものを」の詠が思い出される附句。上に片方、下に片方という。淀川には前句一句の正体なく作りものなりといい、附句俳言なきの句と評している。
※「八雲御抄」は歌学書。鎌倉初期の成立歌論を集大成したもの。
※「淀川」(作品名)は、松永貞徳の附句集。『犬筑波』の附句の評論をなす。
※「俳言《はいごん》」は、俳諧に用いて、和歌や連歌には用いない俗語。

前句　**おほそれながら入れてこそ見れ**
附句　**足洗ふ盥《たらい》の水に月さして**
【解説】古活字本には前句「おそれなからも」。前句の「入れ」は目的のものを示していないが、卑しき者の尊きに対しての語。附句は穢きものにも清き月の影のさすと転じた。猥をうつして雅となす類、この書には少なくない。

前句　家は作れど破れ易さよ
附句　ささかにの芭蕉に糸をよりかけて
【解説】前句の家作の損じ易きことを、大きな芭蕉葉に細い網を張った蜘蛛のいとに取りなしてある。芭蕉葉は秋風に破れ易きものゆえ付合となる。
※「ささかにの」は、「蜘蛛」に対する枕詞。
※「糸」は蜘蛛の糸。

前句　口なしにきばのあるこそ不思議なれ
附句　菊のはなとて耳もあらばや
【解説】梔子《くちなし》の黄葉を口なしに牙を言いかく。禅の問答の如く菊の花は聞くと通えば耳もあって然るべきと類似のものを対とす。
※黄葉《きば》と牙《きば》をかけた。

前句　ささやく人に秋の夕暮

附句　何事もみなきく月の耳ひろげ

【解説】ささやくに聞く、秋に月をつく。菊月は九月の異名と「運歩色葉」に見え、菊秋というに同じ。

※「ささやく」に「聞く」、「秋」と「月」をかけている。

※「運歩色葉集《うんぽいろは》」は室町時代の通俗辞書。

以上、『犬筑波集』の「秋部」を紹介した。連歌集『菟玖波集』より、民衆が面白がる前句、附句になっている。これが「俳諧の連歌」である。江戸時代になると、一般的に「俳諧」とよぶ。

江戸時代の俳諧流派

俳諧は江戸時代に入ると、松永貞徳の指導による貞門時代を迎える。そして西山宗因を中心とする談林風が登場するが、貞門や談林の俳諧は、あくまでことばによる遊び、遊戯性を重視した。そうした言語遊戯的な俳諧を和歌や連歌の高度な抒情性の豊かなものにまで高めたのが、芭蕉庵を始めとする蕉門の人々である。もちろん俳諧では連歌と違って日常卑近な用語や漢語、あるいは諺語など自由に用いている。そうした庶民的な素材を用いつつも、きわめて象徴的な完成度の高い韻文として、芭蕉らは俳諧を高めていった。

▼貞門《ていもん》派

貞門は、山崎宗鑑、荒木田守武に代表される室町時代の俳諧を刷新し、新たな俳諧観を確立した。知識偏重、言語遊戯を専らとする作風は、マンネリズムを招き、貞徳没後は談林派に派遣を奪われる。貞徳独吟百韻を紹介する。付句なので五七五と七七がある。

哥《うた》いづれ小町おどりや伊勢踊

いま小町踊や伊勢踊がさかんであるが、その踊でうたわれる歌はいずれがまさっていようか。「小町おどり」「伊勢踊」が俳言。俳言とは、俳諧において、和歌や連歌にはない俗語、漢語の総称。

いつも寝ざまに出す米の飯《いひ》

願ってもない結構な白米の飯をいつも寝しなに出すことだ。山寺の児の願いが毎夜実現している、裕福な家のさま。俳言は「寝ざま」「米の飯」。

瀧御らんじにいづる院さま

譲位なさって今では暇な御身となられた上皇さまが、険阻な道を滝見においでになった。または、水汲みのために道がぬれてすべりやすく、おそるおそる上皇が坂をのぼっている様子。俳言は「院さま」。

唯たのめふさがりたりと目の薬

ただひたすら頼め、目がつぶれたとしても、夢想流の目薬があるから。俳言は「目の薬」。

しめぢがはらのたつは座頭ぞ

清水観音の御詠によって付けたパロディー句。しめじが原に腹を立てて立っているのは座頭だ。目薬が座頭にはいっこうに効き目がなかったのである。俳言は「はらのたつ」「座頭」。

陣ひやうらうのきれはつる時

わずかな大豆が馬の値よりも高いという前句に対して、「馬」を動物のそれに取成し、陣の兵糧がつきたのである。長戦にたくわえの兵糧がつきたのである。俳言は「陣ひやうらう」。

下戸上戸日の暮《くれ》よりも月見して

前句を馳走のさまとみて、ちょうど月の定座なので、「月見」の体とした。酒をたしなまぬ下戸も酒のみの上戸もうちまじって、早々に日暮れから月見の宴を催している。俳言は「下戸上戸」。

▼談林《だんりん》派

「談林」とは、仏教の学問所を意味する語であるが、西山宗因を師と仰ぐ、田代松意などが自らを「俳諧談林」と呼称したことから、後に「談林俳諧」と呼ばれるようになった。その流行は約10年間とされ、当時の呼称は宗因流、宗因風であった。一時は、松永貞徳門下による貞門派に代わって俳壇の中心を占めたが、西山宗因の死後、急速に衰退した。

和歌の伝統や言葉の縁に立脚する点で、貞門派と談林派は共通しているが、談林派は、道理の攪乱発想の意外性を重視する点に特徴がある。

また貞門派は和歌を絶対視するのに対して、談林派は自由で笑いの要素が強い俳諧を標榜した。そのため、談林派は「軽口」「無心所着《しょじゃく》」を特色とする。無心所着とは、わけのわからない歌のこと。

貞門派で体得した手法を談林派で活用する俳人も多く、桃青号を名乗っていた松尾芭蕉もその一人だった。談林禄の終焉以後、俳壇には貞享《じょうきょう》、元禄に移行するまで、過渡的な俳風が流行する。西山宗因の蚊柱百句《かばしらのひゃっく》を紹介する。付句のため五七五と七七がある。

蚊柱は大鋸屑《おがくず》さそふゆふべ哉《かな》

蚊柱とは、夏の夕方、蚊が軒端などに群がり飛んで、柱のように見えるもの。夕暮れ時、蚊柱が立って、いかにも早く蚊やりの大鋸屑をたけと催促しているようだ。俳言は「大鋸屑」。

酒ひとつのどとほるまに月出でて

飲んだ一杯の酒が喉を通る間に月が出た。前句の「かはき砂子」から飲兵衛の2杯目の酒を想起したのである。俳言は「酒」「のど」。

つぶりなづれば露ぞこぼるる

頭を撫でると、頭に置いた露がポタリポタリとこぼれ落ちる。前句の酒を呑んでいる人物を頭髪の薄くなった人物と見て、酒を呑んだときのありがちなしぐさを嗜好した。汗などを自然現象の露に見立てたのである。俳言は「つぶり」。

四つ五ついたいけ盛《ざかり》の花すすき

幼気《いたいけ》盛りは子供のきわめてかわいい年頃。まだ自我の意識にめざめない4、5歳の幼児はかわいらしい盛りである。ここでは、穂が出たばかりの薄を、4、5歳の幼児に擬人化したのである。俳言は「いたいけ盛」。

ままくはうとやむしの鳴《なく》らん

「まま」はご飯、ご飯を食べたいようと、野に鳴く虫に合わせて腹の虫も鳴くのであろう。育ち盛りの子供は餓鬼の俗称があるように、つねに植物を欲する。俳言は「ままくはう」。

丸薬の衣かたしくだいてねて

丸薬を飲んで精力をつけ、着物の片袖を敷いた上で恋人を抱いて寝る。丸薬は強精剤ということになる。俳言は「丸薬」。

盗人がんどうおさまりにける

「がんどう」は強盗。盗人も強盗もなく、平和に治まっている。「春は来て」を受けて、「おさまりにけり」とあしらう。俳言は「がんどう」。

江戸の俳諧

『奥の細道』を執筆する動機

俳諧から前句附に至る過程で、どうしても芭蕉の偉業を述べてから進まねばならない。

元禄5年から7年に至る期間は、芭蕉が、奥の細道の旅の中で形成された「不易流行」の芸術理念に基づき、これも旅の中でめばえた「軽み」への志向を実現しようと、苦心をこらしていた真っ最中に当たる。

「不易流行」の流行とは変化すること。不易とは永遠普遍ということ。不易流行とは、変化することこそは不変の原理である。流行と不易とは一つのものである。「万物流転」は旅人のようにたえず移り動き変化してゆくことこそが、その宇宙を律する恒久不変の原理だということは、言葉を換えていえば、「不易流行」の理念を打ち出したものという。

「万物流転」は、古代ギリシャの哲学者・ヘラクレイトスが「万物は流転する」という言葉を残し、「この世の中に永遠に変わらないものなんてないのだ」といった。ただしこれは、仏教の諸行無常とは違うとされている。

自然哲学の万物が流転するということには、「わたしたちの心」についてはそれほど注目されていない。宗教である仏教は「物質が続かない」意味と「私たちの心が続かない」という両方の意味が含まれている。

芭蕉の二つの課題

漢詩・和歌・連歌等の伝統文化に対し、新興の文芸としての俳諧は、新しさを求めてたえず変化してゆくところにこそ詩としての命がある。けっしてマンネリズムに陥るようなことがあってはならない。常に新しい目でものの命を発見し、それを新しい言葉で表現してゆかなければならない。

新しさを求めてたえず変化してゆかねばならない俳諧ではあるけれども、ただ新しくさえあればよいというものではなく、一方でそれは一筋の文学伝統につながり、古今不変の詩的価値の実現をめざしたものでなければならない。変わりゆくものと、変わらざるものと、その2つはどこで結びつくのか、あるいはどう結びつけたらよいのか。

お定まりの内容をお定まりの言葉に託してうまく十七音に並べ、何となく俳諧らしく聞こえればいいと思っている人にはそれでよいかもしれぬが、俳諧に全人生を賭けた芭蕉のように、たえず詩心を新たにして現実との一瞬一瞬の出会いの中から生まれた新鮮な感動を一句に表現しようとなれば、十七音という制約はきわめて深刻な問題であったといわなければならない。無理に力わざでねじ伏せようとすれば、ゴタゴタと重くなり、ひとりよがりの難解晦渋《かいじゅう》な表現に陥ってしまう。

何とかして、すっきりと軽く、五・七・五のリズムの中に対象と自分、心と言葉とが一枚になったような表現を達成できないものか。芭蕉が「軽み」という言葉でめざしたところは、おおよそそうした方向だったといってよいと思う。

奥の細道の旅から帰ってから、芭蕉が上方の門人たちに宛てた手紙によると、しきりに江戸俳壇の俗化ぶり、低俗化を報じている。さらに、江戸俳壇一般の堕落ぶりだけでなく、3年の歳月を隔てて、旅の中でめばえた「軽み」の課題の達成をめざす芭蕉と、古くからの江戸の門人たちとの間にも、大きな隔たりが生じていた。

芭蕉没後は次第に蕉風はすたれ、再び譬喩（比喩）と縁語、掛詞と機知、駄洒落に穿ちといった戯笑俳諧が主流であった。

貞門・談林時代の俳諧は専ら言語遊戯の時代である。芭蕉は貞門・談林俳諧の戯笑文学から脱して俳諧を真の芸術に高めようと努力した。貞門・談林の謎解きの言語遊戯を止めて、誰にでも共感の持てる純粋な詩、学問がなくても一般大衆が分かってくれる詩、日本人の誰もが共鳴し得る国民詩として開拓したのである。

芭蕉俳諧から其角俳諧

俳諧師・芭蕉は談林派の俳風を超えて、俳諧に高い文芸性を賦与し、蕉風を創始して、その間、旅して多くの名句と紀行文を残し、難波の旅舎で没した。蕉門十哲の一人・宝井其角は芭蕉の死後、派手な句風で洒落風をおこし、江戸座を開いた。

慶紀逸は、其角が開いた江戸座にあって立机（俳諧師が宋匠となること）した。慶紀逸が編纂した江戸座俳諧の高点附句集である『誹諧武玉川』は、前句を全く省いて15点以上の句を集めた江戸座の高点附句集であり、その後、川柳評の前句附集『柳多留』が出現した。

蕉門の死後、蕉風は衰退したが、18世紀後半に入ると蕉風復興運動が展開され、与謝蕪村（1716～1783）、久村暁台《きょうたい》（1732～1792。久村《くむら》ともいう。名古屋の人）らのように浪漫的、脱俗的俳風が創出されたが、厳密に言えば蕉風そのものでなかった。その後も蕉風の名は依然として重んじられ、芭蕉の偶像崇拝も行われたが、正岡子規の俳諧革新運動の洗礼を受け、近代俳句として生まれ変わった。

芭蕉以降の俳人は、一人の例外もなく芭蕉が「発明」したところの俳諧に連なっている。『誹諧武玉川』の序文で、慶紀逸が「滅時元禄の昔より、今に至って、世に行るる所の俳諧、芭蕉の風情を出でず」と言っていた通りである。「滅時」というのは、国語辞典や古語辞典に載っていない。「滅した」「時」という2つの語の複合のようだ。すなわち「松尾芭蕉の没した時」である。芭蕉は元禄7年10月12日に亡くなった。

名古屋市中区錦3丁目の名古屋テレビ塔前には「蕉風発祥之地」碑が建立されている。貞享元（1664）年、松尾芭蕉は名古屋城下で俳諧興行を行ったとされ、蕉風を確立したとされる。『冬の日』に採録されている句はその時に詠まれたものである。この俳諧興行の行われた地に碑が建てられている。『冬の日』は蕉門・山本荷兮《かけい》（1648〜1716）が撰をした。尾張に蕉風を扶植。晩年は連歌に転向した。

蕉門の其角について

其角の伊達好みの性格は、芭蕉晩年の「かるみ」の俳風にはどうしても融合できず、彼独特の洒落風を形成していった。従って彼が芭蕉晩年の連句にはあまり同座していない。

其角といえばすぐに四十七士を思い出される方が多いと思う。四十七士が自刃した時、其角は次のような句を作ってその死を悼んだ。

うぐひすに此芥子《からし》酢はなみだ哉

鶯がないている春だ。自分は芥子酢のきいた物を食べて泪が出た、という句意だが、鶯は義士達をさしている。折から芥子のきいた料理を食べたかどうか分からないが、とにかく義士の自刃を聞いて、涙を禁じ得なかったのである。この句はある意味で幕府の処置を批判しているのだ。

芭蕉の俳諧は生活イコール芸術、芸術イコール俳諧、真の芸術を目指して自己の生活を浄化し、浄化することによって真の芸術作品、俳諧を産み出していった。今も万人の胸を打つ数々の名句を産み出した所以《ゆえん》である。

其角は己の才に任せて奔放に生き、奔放な句作りを以て俳諧を楽しんだのである。だから謎解きをさせて喜んだり、スピード俳諧を楽しんだり、点取りで連衆を夢中にさせたりもしたと思う。

蕉門の中で、其角を取り上げたのは、其角の弟子に江戸座俳諧の高点句集『誹諧武玉川』の編者・慶紀逸がいたからである。『誹諧武玉川』が『誹風柳多留』の手本となった。

慶紀逸なくして呉陵軒可有はなく、文芸としての川柳は無かったかもしれない。令和4年は、川柳という文芸発祥にゆかりの深い川柳の恩人・慶紀逸の没後260年になる。

蕉門十哲と蕉門四哲

松尾芭蕉（1644～1694）の門弟は蕉門といわれ、特に優れた高弟を蕉門十哲といった。以下の10人を指す。中国・孔子の高弟10人を「孔門十哲」と呼んでいたので、これを真似て呼ぶようになった。十哲のうち、特に優れた門弟・其角、嵐雪、去来、丈草を四哲と呼ぶ。

宝井其角　蕉門第一の高弟。江戸座を開く。
服部嵐雪　其角と並んで蕉門の双璧をなす。
向井去来　京都嵯峨野に別荘「落柿舎」を所有。芭蕉より野沢凡兆とともに『猿蓑』の編者に抜粋される。
内藤丈草　愛知県犬山の出身。作風は高雅洒脱。
森川許六　晩年になって入門。画の名人で芭蕉に画を教える。
杉山杉風　蕉門の代表的人物で芭蕉の経済的支援者。深川の芭蕉庵の近くの庵があり、採荼庵《さいだあん》といった。
各務支考　美濃の人。芭蕉歿後は平俗な美濃風を開いた。
立花北枝《ほくし》　「奥の細道」の道中、芭蕉に出会い入門。北越に蕉風をひろめた。

志太野坡《やば》　福井の人。しばしば旅に出て、関西、九州に門人が多い。

越智越人　北越の人。はなやかな作風を有し、尾張の蕉風を開拓。

※地元贔屓《ひいき》によって、門弟の河合曽良、広瀬惟然、野沢凡兆が入れ替わることがある。

宝井其角　寛文元（1661）年〜宝永4（1707）年、享年47。

其角は初めは父に倣って医業を志したが、後に、和歌、俳諧、漢籍に興味を持ち、14歳のとき芭蕉の門に入った。芭蕉の最初の弟子ということになる。18、9歳で既に俳人として頭角を現わしている。

鐘一つ売れぬ日はなし江戸の春

この木戸や鎖《じょう》のさされて冬の月

子を持たばいくつなるべき年のくれ

其角の伊達好みの性格は、芭蕉晩年の「かるみ」の俳風にはどうしても融合出来ず、彼独特の洒落風を形成していった。其角は江戸座を興し、好んで市井生活に取材した人事句を吟じ、そのうち卑俗な風が江戸座を形成したのは遺憾であると、後世の俳人に非難されている。

川柳人から見ると、江戸座が『誹諧武玉川』を生み、影響されて川柳評『誹風柳多留』が生まれた。現在、川柳が文芸として今にあるのは、其角の江戸座俳諧があったからである。

『誹風柳多留』初篇の「序」を書いた呉陵軒可有の筆によると、【当時、最新流行の武玉川風の誹諧と、昔ながらの連歌附合の修練に用いた「前句附」との結合、いわば両者の結婚を行った。結納や婚礼の必需品の「柳樽」を題名にした。（柳樽は胴が長く、手の付いた朱塗りの酒樽）。さらに縁起よく「柳多留」という字を宛てたのである】

武玉川風は『誹諧武玉川』のことであり、『誹風柳多留』に影響を与えた。

服部嵐雪　承応3（1654）年〜宝永4（1707）年、享年54。

嵐雪の生家服部氏は淡路の出身だったが、嵐雪の一家は江戸に出て、彼は江戸湯島に生まれて江戸で育った。下級武士であった父の縁で、30年ほど武家奉公を続けたが、その後仕官を辞めて俳諧師の道を選んだ。

梅一輪一輪ほどの暖かさ

蒲団着て寝たる姿や東山

巡礼とうちまじり行く帰雁かな

嵐雪や其角は、芭蕉晩年の俳風「かるみ」に対して異見をもっていたといわれる。嵐雪は修禅していたので、その俳風も洒脱の所があった。格調は高くはないがしみじみと人の心に感じさせるものがある。芭蕉の一周忌には、『若菜集』を出している。芭蕉の死後は、活躍しなかった。

向井去来　慶安4（1651）年～宝永元（1704）年、享年53。
去来は芭蕉の晩年に最も深いかかわりを持って仕え、芭蕉の死後、『去来抄』『旅寝論』などを著述によって、蕉風の神髄を伝えた。去来は儒医の次男として長崎で生まれた。24歳ごろから武門を継ぐことをやめて京都に帰っていた。俳諧に手を染めたのは、34歳ごろと思われる。

応々といへどたたくや雪の門
初しぐれ猿も小蓑をほしげなり
病中の余りすするや冬籠もり

去来の作風は、ひとことで言うと高雅質朴で、同門の人たちも去来の人格、力量には敬服していたようである。去来は凡兆と共に、俳諧選集を芭蕉から託され、七部集の第五集にあたる『猿蓑』を、ほぼ1年間かかって刊行した。去来は其角の異端の傾向を黙視することが出来なかった。

内藤丈草　寛文2（1662）年～元禄17（1704）年、享年43。

尾張徳川家付家老・犬山城主・成瀬正虎の家臣内藤源左衛門の長男として生まれた。27歳のとき、病気を理由に武士の勤めを退いて出家をした。出家後は京都にのぼり、成瀬家の医師・中村史邦の紹介で芭蕉の門に入った。

我事と鰌《どじょう》のにげし根芹かな
水底を見て来た顔の小鴨かな
うづくまる薬の下の寒さかな

芭蕉の病床にはべる者たちで、即吟をこころみて師を慰めた。その時、丈草は「うづくまる薬の下の寒さかな」と詠んだ。芭蕉が聞いて、しわがれ声で、「丈草、でかした。いつもながら、寂び・しをりがととのっていておもしろい」と賞讃した。丈草は、高潔・誠実な人柄の故に、同門の人たちから慕われ、芭蕉の真諦を得た第一人者だった。「東に其角・嵐雪、西に去来・丈草」と並び称されて、蕉門の四哲と言われたこの4人が、3年のあいだに次々に世を去ったのは奇縁というほかはない。

続いて、蕉門四哲を除く十哲は以下の通りである。

森川許六　明暦2（1656）年～正徳5（1715）年、享年60。

蕉門随一の論客といわれる。近江彦根藩士のかたわら俳諧に親しみ、初めは談林の俳人であったが、やがて談林俳諧に疑問を抱き、能楽、絵画、漢詩などに心を向けていったようである。再び俳諧に心を傾けるようになった時期が、ちょうど芭蕉の名声が高まりつつあった時でもあった。

十団子《とをだご》も小粒になりぬ秋の風
椎の花の心にも似よ木曽の旅
うき人の旅にも習へ木曽の蠅

知行300石の武士で、芭蕉の最も晩年の弟子であった。芭蕉の死までわずか2年の間に、蕉門の十哲の一人に数えられるに至ったのだから、許六は確かに「俳諧の器」にすぐれた人物だった。蕉門の俳諧の神髄を得たものは自分だけと豪語した。許六の晩年は病気がちで、生涯芭蕉信奉の心を持ち続けてこの世を去った。

杉山杉風　正保4（1647）年〜享保17（1732）年、享年86。

芭蕉がほとんど裸一貫で初めて江戸へ下ったとき、最初に落ち着いた先が杉風の家であった。正確には杉風の父・杉山賢永の家だった。父の業を継いで稼業を営むかたわら、父が俳諧をたしなんでいたので、その影響で俳諧に親しんだ。杉風は芭蕉と同じく談林派であったが、芭蕉の江戸下向と共に芭蕉の門人となり、同時に経済的な庇護者となって、やがて蕉風樹立に大きく手を貸すことになった。

月ひとり家婦が情のちろり哉

とりわけて多摩の郡の月夜かな

野の露によごれし足を洗いけり

杉風は病弱ながら「俳諧三昧」に生きて86歳まで生きたのだから、長寿を全うした羨ましい風流人であった。

各務支考　寛文5（1665）年〜享保16（1731）年、享年67。

支考は美濃に生まれて、俗性を各務と称した。9歳のころ、北野の臨済宗妙心寺派の大智寺の師弟になったが、19歳の時に下山してしまった。26歳の時、近江の無名庵で初めて芭蕉に対面して入門した。

叱られて次の間に立つ寒さかな

野に死なば野を見ておもへ草の花

千代はいはず露の間嬉しけふの菊

支考の目立った活動は、むしろ芭蕉の没後で、ほとんど全国に亘って行脚し、蕉風を民衆の間に普及させた功績は大きい。支考の死が報ぜられた時、美濃、伊勢をはじめ全国各地の門下・知人から寄せられた膨大な量の追悼文が収められた。このように地方俳壇の人達から尊敬されたが、同門の人たちからの風評はあまり芳しくなく、名誉心の強い策謀家として、うとんじられたが、全国を隈なく歩き、積極的に俳諧を広めた功績はやはり大きい。

立花北枝　生年は不明～享保3（1718）年、享年不明。

加賀の国小松の生まれだが、兄の牧童と共に父の稼業継いで刀研ぎを業としていた。北枝が芭蕉に初めて会ったのが、芭蕉が『奥の細道』の旅の帰途金沢に立ち寄ったとき。

くさずりのうら珍しや秋の風

馬かりて燕追い行くわかれかな

元旦や畳の上に米俵

北枝の俳人としての出発は談林派であったが、途中で兄と共に蕉門に入った。加賀百万石の城下町金沢は北国第一の都会で、俳諧の盛んな土地であり、新しい蕉風に心を寄せる俳人も少なくなかった。死の間際まで芭蕉を敬慕してやまなかった門弟の一人であった。

志太野坡《やば》　寛文2（1662）年～元文5年（1740）年、享年78。

野坡は古い俳風の貞門派、談林派に遊んでいた九州俳壇に新風の芭蕉俳諧を植え付けた功労者であった。

わか水やふゆはくすりにむすびしを
時雨るるや町屋の中の薬師堂
ちからなや膝をかかへて冬籠《ごもり》

芭蕉は元禄4年から7年の約2年半ほどは、珍しく江戸に落ち着いて、訪ねてくる門人たちを相手に、晩年に辿り着いた「軽み」俳諧の理念を説いていた。ちょうどその時期、しばしば芭蕉庵に出入りして親しくその指導を受けたのが野坡であった。

越智越人　明暦2（1656）年〜没年不明

越人は芭蕉の更科紀行の旅に同行した。越人は北越の生まれ、20歳のころ、故郷を出て放浪生活をしたあと、名古屋に来て住みついた。名古屋では、呉服商で蕉門の俳人であった野水《やすい》の世話で染物屋を営んだが、生来酒好きで商売には不向きだったようである。店をやめたあとは、杜国、重五、荷兮《かけい》らの庇護を受けて、蕉門であり、名古屋俳諧の一人として活躍した。越人が芭蕉に入門したのは、芭蕉が貞享元（1684）年冬、「野ざらしの旅」の途次、名古屋へ立ち寄ったときで、越人が29歳の頃だった。

山寺に米つぶほどの月夜哉
おもしろや理屈はなしに花の雲
君が代やみがくことなき玉つばき

越人は長寿だったが、家庭的に不遇で、妻も子も失い、加えて愛酒家でそのために貧窮のどん底にありながら、純粋な詩精神と、蕉門の古老としての自覚と、師翁への敬慕を失わなかったのは立派であるといわれた。

犬山ゆかりの俳人・内藤丈草

犬山ゆかりの俳人・蕉門四哲のひとり「内藤丈草」を紹介する。犬山市文化協会文芸部には、「内藤丈草を偲ぶ会」がある。また内藤丈草研究の資料が犬山市立図書館に保管されている。

丈草は尾張徳川家の付家老であり、犬山城主・成瀬家の家臣であったが、家督を次男に譲り出家遁世した。当時、成瀬家の御殿医であった俳人中村史邦の紹介によって、芭蕉の門人になる。芭蕉は去来の別宅・京都嵯峨野落柿舎に逗留していた。

丈草は、臨済宗で重視される『碧巌録』第95則の垂示を俳号とした（禅宗で師家が大衆に要義を説くこと)。第1から100則まであり、第95則は「有仏の処《ところ》は住《とど》まること不得《なか》れ、住著《とど》まれば頭角生ず。無仏の処は急ぎ走過《とおりす》ぎよ。走過ぎざれば草深きこと一丈」。「頭角」は執着心が生じること。一丈は約3メートル「草」と「丈」をとって「丈草」。

もう一つの説がある。丈草は若い時から漢詩を勉強して、自らも漢詩を歴史に残した。江戸初期の漢詩人・石川丈山の「丈」をとって丈草とした。石川丈山は漢詩「富士山」が有名。

丈草　1662～1704年
丈山　1583～1672年

ただし丈草が10歳のときに丈山は亡くなったので、『碧巌録』からの方が正しいと思う。

犬山市内に内藤丈草の句碑がある。「丈草座元禅師」と書いた碑文は瑞泉寺・犬山遊園東、明治36年9月、没後200年祭に建立された。その他は以下の通り。

涼しさを見せてや動く城の松　句碑
犬山城天守閣の門前、昭和28年11月、没後250年祭に建立。

精霊《しょうりょう》に戻りあはせつ十年《ととせ》ぶり　句碑
西連寺境内、昭和28年11月、没後250年祭に建立。

ながれ木や篝火《かがり》の空の不如帰　句碑
先聖寺境内、昭和28年11月、没後250年祭に建立。
水底を見てきた顔の小鴨かな　句碑
尾張冨士の石段南側、昭和63年8月、個人が建立。
大原や蝶の出でまふ朧月　句碑
尾張冨士の俳聖苑、平成13年9月、没後300年記念に建立。
平成15年が没後300年に当たり、同年5月に「句碑の道」竣工祝賀式が行われた。

芥川龍之介の丈草作品への評価

芥川龍之介の『澄江堂日記』に、
　蕉門に龍象が多いことは言ふを待たない。しかし誰が最も的的と芭蕉の衣鉢を傳へたかと言へば恐らくは内藤丈草であらう。少なくとも發句は蕉門中、誰もこの俳諧の新發知ほど芭蕉の寂びを捉へたものはない。近頃、野田別天楼氏の編した『丈草集』を一讀し、殊にこの感を深うした。

とある。

※「澄江堂《ちょうこうどう》」は、芥川龍之介の号。俳号は「我鬼」。

※「龍象《りゅうぞう》・竜象」は、聖者・高僧を威力ある竜や象にたとえていう語。

※「的的《てきてき》」は、的然のこと。明らかなさま。

※「衣鉢《いはつ》」は、師から伝える奥義。

※「新發知」は、新發意《しんぼち》のこと。新たに仏道の修行をしようと決心した者（丈草のこと）。

※「野田別天楼《べってんろう》」は、明治から昭和初期の俳人。研究書に『俳聖芭蕉』がある。大正12年に『丈草集』野田別天楼編で発刊。

※蕉風は、それまでの貞門、談林誹諧の滑稽・機知を中心とする通俗性を脱却して文芸性を確立した。閑寂・枯淡で高い品格を保つ象徴的な俳風。「さび」の理念を基本とし、「しおり」「細み」「軽み」を重視した。

※「枯淡」は俗気がなく、さっぱりしている中に深いおもむきのあること。

芥川は丈草作品を次のように評価している。

是等の句は啻《ただ》に寂びを得たと言ふばかりではない。一句一句変化に富んでゐることは作家たる力量を示すものである。几薫輩《きとう》の丈草を嗤ってゐるのは僭越《せんえつ》も亦甚だしいと思ふ。
※「啻に」は、ただ単に。
※「几薫」は、高井几薫。江戸後期の俳人。与謝蕪村に学んだ（1741～1789）。
※「僭越」は自分の身分・地位をこえて出過ぎたことをすること。

芥川龍之介が選んだ丈草作品（11句）を紹介する。

木枕の垢や伊吹にのこる雪

同門の友人・惟然に垢の付いた古枕でしか供応できないことを詫びながら、遠くから見慣れた伊吹山の残雪を見る。芥川龍之介は「この残雪の美しさは確か丈草の外に捉え得たであろうか」と激賞している。
大津市膳所の義仲寺にある無名庵での早春の句。芭蕉の死後、内藤丈草は無名庵に仮寝していた。

大原や蝶の出で舞ふおぼろ月

元禄5年、丈草は31歳、芭蕉は49歳であった。当時、芭蕉は江戸にいたので、丈草を芭蕉に導いてくれた中村史邦が京から江戸に向かったことにより、丈草も京から去る日が近づいた。その年、丈草は月に浮かれて京都、大原のあたりをそぞろ歩いた。朧夜に何を迷ったか飛び立つ蝶の姿があった。大原の句は写生句として秀逸。
この句を批判した人は「これは純粋な写生句ではない。丈草の頭の中にある朧月夜の情緒というようなものが、蝶を産み出したので、主観の句である」という。

谷風や青田を廻る庵《いお》の客

涼しい谷風が、青々とした稲田を渡ってゆく。わが草庵の客人は、その涼風に吹かれて、青田の小道をやってくる。「谷風」に涼風感が横溢している。

小屏風に山里涼し腹の上

裸のまま仰向けに寝転んでいる。足元に広げられている小屏風。そこに描かれていた涼しげな山里の風景。それを腹の上に見渡す。

雷のさそひ出してや蚊とり虫

夏のむし暑い夕方、落雷が聞こえ、その音が誘い出したかのように、灯火に飛び狂う蛾が集まってきた。丈草の質素な生活の中で、集まる蛾にも心を寄せている。

草芝を出づる螢の羽音かな

初夏の闇夜において、蛍が草芝から出たのを羽音から気がついた。本当は何にも羽音が聞こえなかったが、聞こえたような感覚になったのかもしれない。

鶏頭の昼をうつすやぬり枕

「ぬり枕」は箱枕の木の台が漆塗の枕。秋日の下、くつろいで頭をのせている漆枕に、庭に群生する真っ赤な鶏頭の花が映し出されている。元禄10年秋の作。

病人と撞木に寝たる夜寒かな

撞木《しゅもく》は鉦などをならす丁字形の棒で仏具。郷里尾張犬山を訪れると、旧友は病臥の身。その友と撞木のかたちに寝るとことさら夜寒が身に沁みた。病人と夜寒と、わびしい情趣であるが、「撞木と寝たる」にユーモラスな気分がある。

蜻蛉の来ては蝿とる笠の中

旅笠の中で蝿がうるさくつきまとう。うっとおしいと思っていると、蜻蛉《とんぼう》がすうっと来て、蝿をとってくれる。軽快な蜻蛉の振る舞いに感興を覚えての吟。元禄8年初秋、芭蕉の故郷・伊賀上野へ訪問の作。

夜明けまで雨吹く中や二つ星

「二つ星」は牽牛星と織女星。七夕の夜なのに夜明けまであいにくの空模様。それでも、吹きかける雨の合い間に、時折は、牽牛星と織女が顔をのぞかせた。

榾《ほだ》の火や暁がたの五、六尺

「榾」は燃料にする木の根や朽ち木。火持ちがよく火力も強い。暁方の寒さに目を覚まし、炉の灰に埋めた榾火に柴を投げ込む。五、六尺の高さに真っ赤な火が燃えあがる。その炎の色のあざやかさ。山家の旅寝の吟とも、草庵の炉辺の吟ともとれる。

続けて、丈草の句（11句のほか）を紹介する。

幾人《いくたり》か時雨かけぬく瀬田の橋

元禄元（1688）年冬、猿蓑集の中の作品。『猿蓑』巻之一は芭蕉の「初しぐれ猿も小蓑を欲しげなり」が巻頭にある。突然の時雨の来襲にあわてた何人かの人たちが、瀬田の唐橋を大あわてで駆けていく。『金塊和歌集』（勅撰和歌集で源俊頼が白河法王の院宣を奉じて撰に当たった）の中に、「幾人かひえ山おろししのぎ来て時雨にむかふ瀬田の長橋」がある。丈草はこの歌を型にして作句したとも言われる（本歌取り）。歌川広重の浮世絵「勢田の唐橋」がある。

背戸口の入り江にのぼる千鳥かな

海士《あま》（漁師）の村の裏口は入り江に面している。そこへ入っていくように千鳥の群れが水に浮かんで寄せていく。漁村の風景。「背戸口」は「背戸」と同じ意味で「裏口」。

藍壺にきれを失ふ寒さかな

藍壺は藍染めの藍汁を蓄えた壺。手にした布切れを藍壺に浸そうとして、つい手放してしまった。布切れは底に沈み、ついに見失った。何故か急に寒さを感じた。切れは布や織物の切れ端。元禄13年の作。丈草書簡の句。

ほととぎす鳴くや湖水のささ濁

「ささ濁《にごり》」は雨で川や湖の水がにごること。ここでは琵琶湖の水で湖の水が濁っている。あれはホトトギスが激しく鳴いて、湖面を渡ったため、水が乱れて濁ったに違いない。感覚的な句。續猿蓑・巻之下・夏の部。

交わりは紙子の切れ端譲りけり

題「貧交」、題から分かるように、杜甫のパロディーである。私と私との友人との交わりは、紙子の破れを綴る切れ端をやりとりするような貧しさだ。紙子は紙製で旅に携帯する寝具または衣服。軽くて保温性がある。本歌取りもパロディーの一種といわれる。

※杜甫の「貧交行」は「手を翻《ひるがへ》せば、雲と作《な》り、手を覆《くつがへ》せば、雨となる。紛々たる軽薄、

何ぞ数ふるを須《もち》ゐん。君見ずや、管鮑《くわんばう》貧時の交わりを、此の道、今人《こんじん》棄つること土の如し」。

※「管鮑《かんぽう》の交わり」とは、お互いを理解して信頼しあい、利害によって変わることなどない、きわめて密接な交わり。「管鮑」は中国春秋時代の斉の管仲と鮑叔《ほうしゅく》であり人名。

静かさを数珠《ずず》も思はず網代守

「数珠を思う」というのは、後世を頼んで仏に祈ることをいうようだ。この老人は静寂な夜中、網代の番をしながら、それでもあの世を思うこともなく、お経のひとつ上げるでもないらしい。超然としている網代守は夜、かがり火をたいて、網代の番をする。網代守《あじろもり》は夜になるとかがり火をたいて、網漁業を行う漁場の番をする人。

一月《ひとつき》は我に米かせ鉢叩き

鉢叩きは毎夜毎夜、喜捨を求めて歩くので、ずいぶん米などが貯まる。そこで貧乏丈草としては、その米の1か月分を貸してほしいと思う。

着てたてば夜のふすまもなかりけり

「ふすま」は布などで長方形にして、寝るときに、からだにかける寝具。現在の掛け布団。

丈草が亡くなる前年の作。寝たり起きたりの生活で、ふすまを身に掛けたまま、立つと寝具がなくなってしまう。

淋しさの底ぬけてふるみぞれかな

寒夜に一晩中、草庵を独占するうちに、淋しさの極限を境地に至った。ふと気がつくとみぞれが、かすかな音で冷たく降り続いていた。

元禄11年の作。荻原井泉水の評「淋しさも底抜いてしまえば、即ち淋しさそのものに自分が、なりきってしまえば、そこに一つの安らかな境地が見出せるのに違いない」。淋しさの極致におのが身を投げ込んでいるのである。

うづくまる薬のもとの寒さかな

師芭蕉の病状を案じながら、薬湯を煮るやかんのそばにうずくまっていると、寒さがひしひしと身にせまってくることだ。芭蕉の死の数日前の作。芭蕉は「丈草でかしたり」とこの句を誉めたという。芭蕉が門人に夜伽《よとぎ》の句を課した折りの句。

鷹の眼の枯野にすわる嵐かな

強風に羽毛を逆立て、獲物をねらい枯野に爛々と目を光らせる鷹の精悍な表情の厳しさ。

冬枯れの野と嵐を配合し、鋭い自然描写を成功させている。元禄9年頃の作。

水底を見て来たような小鴨かな

元禄4年、『猿蓑』に載った句。丈草の滑稽な句として親しまれる。小鴨がひょいと水面に顔を出す。その表情を見ると、いま水底を見て来たぞ、というようだ。

連れのある所へ掃くぞきりぎりす

「きりぎりす」は、今はコオロギのことである。きりぎりすは丈草の好みにあった虫だった。鳴き声に感傷的なひびきが滲み込んでいるためらしい。「連れのある所」は滑稽であるが、所詮は淋しい性から生まれ出たようだ。

我が事と鯲《どじょう》の逃げし根芹かな

『猿蓑』巻之四、根芹を摘もうと小川で採っていたらドジョウが、自分が捕まえられると思って慌てて逃げた。滑稽な句である。むしろ深い深い同情のこもっている句と見たい。

ぬけがらにならびて死ぬる秋の蝉

土より生まれて土に還ってゆくのが人の世のさだめである。ぬけがらに並んで死んでいる蝉、やがては我々の運命を暗示している。悟ろうとして悟りきれない心の弱さ、心の悩みが汲み取られる。

ちなみに、内藤丈草以外に犬山を詠んだ俳人は昭和11年に犬山を来訪した高浜虚子と、犬山生まれの元愛知県立女子大教授・市橋鐸である。市橋鐸は内藤丈草研究の権威。

秋の橋の上に犬山城はあり　高浜虚子
秋水や木曽川といふ名にし負ふ　高浜虚子
ゆすら梅昔は母とおはしける　市橋鐸
城見えて青田はここに極まりぬ　市橋鐸

内藤丈草と漢詩

内藤丈草は蕉門に入る前、犬山から名古屋へ出て漢詩を学んだ。江戸初期の漢詩人・石川丈山の詩風を受けたとも言われている。そのため、丈山の「丈」をとって一説には「丈草」と名付けたとも言われている。

石川丈山は有名な「富士山」を詠んだ。詩吟や教科書に掲載されている。

富士山　石川丈山

仙客來遊雲外巓
神龍栖老洞中淵
雪如紈素煙如柄
白扇倒懸東海天

書き下し文

仙客来り遊ぶ　雲外の巓《いただき》
神龍栖み老ゆ　洞中の淵
雪は紈素《がんそ》の如く　煙は柄《え》の如し
白扇倒《さかしま》に懸かる　東海の天

次に内藤丈草が犬山の地元で作った漢詩を紹介したい。犬山の臨済宗妙心寺派の古刹・瑞泉寺にて丈草が若い時、学問を教わりに訪問した。

七言絶句　瑞泉寺逍遥

閑歩逍遥登瑞泉

宿龍池上得詩禅
青松緑竹紅塵絶
又訪高僧入扣玄

詩吟にした場合
閑歩逍遥《かんぽしょうよう》　瑞泉に登り
宿　龍池上《しゅくりゅうちじょう》　詩禅を得たり
青松　緑竹《せいしょうりょくちく》　紅塵を絶ち
又高僧を訪《と》うて　扣玄《こうげん》に入る

【口語訳】ゆったりと散歩して瑞泉寺に登った。そして龍の宿るという池のほとりで詩と禅を習得した。青々とした松や緑の竹林が茂り、俗世間と隔絶している。今日も高僧を訪ね、深遠な世界に入って、その扉を叩いた。

犬山の城から東を見ると、小山の麓に田舎には珍しい大寺が眼にうつる。これが青龍山瑞泉寺で、京の妙心寺派に属した禅寺である。臨済宗の中では格式の高い寺である。妙心寺第四世の日峯の建立で、師・無因が開山ということになっている。今は廃寺となっている「南方院」というのが丈草の家の檀那寺であった。

詩中に見える「宿龍池」と「扣玄室（方丈）」は瑞泉十境のそれぞれ一つだったが、もうその面影は何処にもない。方丈とは、禅宗などの寺院建築で、長老・住持の局所。本堂・客殿を兼ねる。転じて、住持、住職、また師への敬称としても用いる。

内藤丈草を詠んだ川柳も少しだがある。丈草は尾張徳川家の付家老・成瀬家（犬山城主）の家臣であった。丈草の叔母にあたる女性が成瀬正虎の側室であった。14歳の時に、成瀬家の異母弟の寺尾氏に就任したが、27歳の時に病気を理由に武士の勤めを退いて出家をした。自分で指を切って、刀を持てなくした。長男の丈草だけが、継母の子ではなかった。

出家後は京都にのぼり、寺尾氏の知人の中村史邦の紹介で芭蕉の門に入った。俳諧の古今集とまで言われた画期的な蕉門の俳諧撰集『猿蓑』に、入門早々に12の発句を載せ、しかも後序《こうじょ》まで記しているところを見ると、入門してまたたく間に頭角を現したものと思える。

宝井其角や小林一茶、加賀千代とは大いに違っている。だから丈草を詠んだ川柳句はなかなか見つからない。

指よりも母へ丈草気を痛め

この句は、「指を切るのは武士を捨てる事でつらいことだが、それよりも母の機嫌をとることの方がどれほどつらいかわからない」という意味。

手前ではないと丈草芹を摘み

丈草の代表作「我事と鮴の逃げし根芹かな」をもじったもの。2句だけでは物足りないが、何とか拾うことができた。

犬山に「前原」という地名が現在もある。内藤丈草が蕉門の前、犬山にいた頃、前原村へ散歩に行ったときの漢詩である。

七言絶句
前原道中　内藤丈草
渉過松濤二里餘
雲開處々看村居
兒焼玉黍群園畝
山老笑而獨荷鉏

書き下し文（詩吟にした場合）

渉過《しょうか》　松濤《しょうとう》　二里　餘り
雲は開きて　處々《しょしょ》　村居《そんきょ》を看るに
兒は玉黍《たまきび》を焼き　園畝《えんせ》に　群がり
山老《さんろう》は　笑ひて　獨《ひと》り　鉏《すき》を荷なう

【口語訳】松風を耳にしつつ、二里余りの道のりを歩いて行くと、天気はよく、浮き雲が空にただよい、ところどころ、村人たちの住む家々が目に入る。村の子供たちは、畑で玉黍（とうもろこし）を焼いて食べ、小高い丘では一人の老人が鉏（すき）を肩にして、こちらを向いて笑っている。まことに、のどかな風景であることよ。

師の芭蕉が亡くなったあと、3年の服喪のあと、友人に送った手紙に添えた漢詩であると言われている。

七言絶句
謝贈毛頴
毛頴を贈るに謝す　内藤丈草

久無興味動吟情
咲時睡猫濾火傍
雪鎖松窗氷鎖硯
友人贈筆促回章

書き下し文（詩吟にした場合）
久しく興味なく　吟情《ぎんじょう》　動く
時に咲き　猫は濾過《ろか》の傍《そば》に　睡《ねむ》る
雪は松を鎖《さ》つけ　窗氷《そうひょう》は硯《けん》を鎖《さ》つけ
友人は　贈筆《ぞうひつ》の　回章《かいしょう》を促《うなが》す

【口語訳】長い間、何の興味もなく過ごしました。この頃、やっと詩を吟ずる気持ちが動きました。今、丁度、梅の花が咲く頃ですが、猫はまだ囲炉裏の傍らで寝そべっています。残雪が松に鎖のようにからみつき、窓に張った氷は、硯の部屋を鎖でしばりつけるようにしています。しかし、このままお礼状を出さないのは失礼だと思い、友人たちも筆を送ってくれた人への返事を書くようにと促しましたので、やっとの思いで、ここにお礼の手紙を書かせていただく次第でございます。

丈草に影響を与えたと思われる漢詩

室町時代、細川頼之《よりゆき》は、足利家三代に渡ってその主君を支えた功臣であり、その甲斐あって治世が定まり、繁栄してくると、頼之の功を妬んで時の主君、足利義満にあらぬことを取り上げ、讒言《ざんげん》をして自らの保身を図ろうとする輩が出て来始めた。主君義満もその言葉に乗って、厳しくお家の為に意見などを言ってくれる頼之の言葉を聞かなくなってきた。

そうした義満の態度や、自分の保身の為にのみ動き回る者たちの跋扈《ばっこ》に嫌気がさした頼之は重臣としての役職を捨て、さっさと自分の領国である讃岐へ帰ってしまったのである。義満は怒り狂ったが如何ともしがたく、そのまま奸臣どもの蔓延《はびこ》るままに治世を行ったが、政治は乱れるばかりであった。

それには義満も決して暗愚な人ではなかったため、自分の愚かさを悔い、礼を厚くして頼之に自らの不明を詫び、政治の場への復帰を乞うたのであった。頼之も快くその請いに応え、復帰して将軍義満の補佐の任に就いたのであった。「海南行」は頼之が職を捨て、讃岐へ帰った時の心境を詠ったものである。

海南行　細川頼之
人生五十愧無功
花木春過夏已中
満室蒼蠅払難去
起尋禅榻臥清風

書き下し文（詩吟にした場合）
人生五十　功無きを愧《は》ず
花木《かぼく》春過ぎて　夏已《すで》に中《なかば》なり
満室の蒼蠅《そうよう》　掃《はら》えども去り難し
起って禅榻《ぜんとう》を尋ねて　清風に臥《が》せん

【口語訳】人として生まれて50年を過ごしながら、なんの功績もないのが恥ずかしい。春はすでに過ぎて今は夏の盛りも半ばだ。部屋の中には蒼蠅が、追い払ってもうるさく飛び交い、なかなか去りやらない。もうどこか静かな禅堂にでも行って、一人清風に吹かれながら横になろうか。

前句附から川柳へ

自己完結型の和歌が持つ堅苦しさ、素人を拒絶するような雰囲気をやわらげようとして、複数の掛け合いによって一首の歌を作るゲームが生まれた。それが連歌である。

その連歌も、文芸として認知されるにつれて、本家の和歌への対抗心から、質の向上を目指して自ら規制を定め、和歌以上の厳しい制約を加えながら、却って自縄自縛に陥ってゆく。

その後、連歌に滑稽味を加えて窮屈さを逃れようとした山﨑宗鑑によって、「俳諧の連歌」が推進されたが、やがてその脱線ぶりが目に余るようになり、節度を重んじる松永貞徳「貞門俳諧」が登場する。

しかしこれも、一時は支持を集めたものの穏健で微温的に過ぎて飽きられるのも早く、次の談林俳諧が台頭することになる。

西山宗因の「談林風俳諧」は、新奇、奇抜な趣向や滑稽な着想を自由に表現して特色があったが、ひとりよがりの傾向が強かったため、やがて世間から見放されて短命に終わった。そこに登場したのが松尾芭蕉の「蕉風」である。

芭蕉はそれまでほとんど趣味道楽に過ぎなかった俳諧に、自分の全人格、全生活を打ち込むに足るものとしての位置づけを与え、自己を表現する器としての俳諧を確立する。そのことは、一方で趣味道楽の気安さのゆえに参加し、俳諧の底辺を支えてきた絶対多数の庶民愛好家たちを、俳諧の世界から締め出すことになる。だからこそ蕉風はその後も、そう易々とは俳諧の本流の座を獲得出来なかったし、窮屈になってゆく俳諧から離れた雑俳が独自の境地を築いてゆく原因もそこにあったと思われる。

雑俳の中の前句附

雑俳は俳諧から出てさらに簡単卑俗を旨とするようになった諸種の小詩型を、総括的に呼ぶ名称である。雑俳には前句付、冠付、狂俳、俚謡、沓付、折込み、もじり付、地口、小倉付、据字、十四文字、ひなぶり（へなぶり）などがある。定型を持たない言葉遊びもいろいろあった。

これらの雑俳の中、最も古く起こり、かつ最もあまねく行われたものは、いうまでもなく前句附であった。かの犬筑波時代の俳諧のごときも、広く解すればやはり一種の前句附である。

新撰犬筑波集は山崎宗鑑編、室町後期に成立した初期俳諧発句附句集である。前句附は初心者のための俳諧入門であり、また一般に附合修行の一方法であると解された。

前句附は俳諧の一種であり、2句の附合のみが、いわゆる前句附という名称で世に行われるようになったのは延宝の頃にはじまり、元禄8年ごろに盛んになった。

前句附がはじまる（1673年）
前句附が盛んになる（1695年）
『誹諧武玉川』初篇の出版（1750年）
『誹風柳多留』初篇の出版（1765年）

前句附は、後世その流行が盛んになるに及んで、その意義はほとんど忘れられて、俳諧からまったく離れた独立的のものとなり、やがて一方にはいわゆる「川柳」と称する一種の文学を生み、また詩型の簡単化はさらに進んで、多くの雑俳が分派されるに至った。

前句附は、もと俳諧稽古の一方法として起こったにもかかわらず、俳諧から離れて独立した境地を持つに至った。前句附の特質としてまず第一に、なんらかの滑稽味を含んでいることであろう。蕉風俳諧の勃興とともに全く真面目な文学と化してしまったので、ここに簡易俳諧たる前句附が、ようやく俳諧に対立して滑稽を主とするようになったのは当然のことであった。それはちょうど、能と狂言との関係にも類している。そうして狂言が写実的であったごとく、前句附もまた俳諧に対して人事世相を対象とすることが多かった。

元禄年間に至って前句附は、特殊の体裁をもった専門の撰集を見るまでになったが、その前句と附句との関係は、普通の附合における場合とほとんど異なるところはなかった。畢竟当時にあっては、前句附は俳諧の簡便なる一方法であり、また俳諧修行の一方便であった。故に内容上、前句附として特に異なる趣を見出だすことができないわけである。

ぬらりくらりと　ぬらりくらりと （前）
団扇では思うようにはたたかれず （附）
小間物と呼ばれさへすりゃ只は出ぬ （附）
※小間物屋さんとお客によばれる。
いつそとに男があらば有るといや （附）
俗の名もつかず出家の役もせず （附）

『柳多留』以前の「団扇では思うようにはたたかれず」が柳多留初篇に、「団扇ではにくらしい程たたかれず」と似た句がある。

のぞけば暗き夕顔の家 （前）
僧ひとり淋しき雨の夜を侘びて （附）
寝ぬうちは虫の光りを喜びし （附）

盃のめぐりを笑う女声　(附)
藪垣を洩れて女の経の声　(附)

其夜降った雨の嬉しさ　(前)
つれびきの琴に劣らぬ時鳥　(附)
掘りかえて野沢に植えし杜若　(附)
屋根葺いてつやつや眠る独り尼　(附)

ちらちら洩るる燈火の影　(前)
音程は雨に破れぬ芭蕉にて　(附)
戸を開けぬ内が男の思案なり　(附)
物縫うや音せぬ針の辛かりし　(附)
吊りかけて半分つらぬ蚊帳ゆかし　(附)
井の蛙賤がくるまの音をつれて　(附)

四五町行けばはや汗になる　(前)
羽衣に縮はなきか三保の松　(附)

目に呑んで咽合点せぬ谷の水　（附）
待つという返事に胸はをどり損　（附）
時によるなり　時によるなり　（前）
老筆になれば鷹まですね過ぎて　（附）
焙烙もさいさい買えば恥ずかしい　（附）
たまたまの事　たまたまの事　（前）
蒲鉾を包むは晩に戻る気か　（附）
争いの中から花を切ってやる　（附）
尊とやというも嘘やら出ぬ念仏《ねぶつ》　（附）

誹諧武玉川

「はいかい」には「誹諧」と「俳諧」の2つが存在するが、「誹」は「ひ」であり、「はい」とは読まないが、なぜだろう。

もともと古今和歌集の巻第十九に滑稽味を帯びた和歌として「誹諧歌」が収録された。それ以来、「誹諧」になっている。広辞苑では、「はいかい」を引くと「誹諧」と「俳諧」が両方並んでいる。説明は「俳諧」の方を使っている。私の手元にある岩波文庫の『武玉川』は「誹諧」であるので、『誹諧武玉川』を使うこととする（武玉川と柳多留は「誹」を使い、他は「俳」を使う）。

『誹諧武玉川』は江戸座俳諧の高点附句集である。江戸座は芭蕉の没後、江戸で都会趣味の句を作った一団体。とりわけ宝井其角系統の一派。遊蕩的で洒落と頓知を生命とした。

宝井其角は前出の通り、蕉門十哲のひとり。十哲は時代によって若干の差があるが、与謝蕪村が選んだのは、宝井其角、服部嵐雪、森川許六、向井去来、各務支考、内藤丈草、杉山杉風、立花北枝、志太野坡、越智越人であるが、河合曽良、広瀬惟然、服部土芳、天野桃隣が入る資料もある。どの資料を見ても、宝井其角、服部嵐雪、向井去来、内藤丈草は蕉門十哲に入っている。この4人を蕉門四哲と呼ぶ。

『誹諧武玉川』の初篇にあたるものは、従来の俳書と体裁を異にする小本型とし、寛延3（1750）年10月に、江戸の書肆《しょし》松葉軒・萬屋清兵衛より板行された。篇者は慶紀逸《けいきいつ》である。

慶紀逸は元禄8（1695）年、江戸の御用鋳物師の家に生まれた。早くより俳諧の道に遊び、其角座側にあって立机した。「立机」は俳諧師が宗匠となること。

慶紀逸が序文で「この集は高点附句集でありながら、前句を全く省いてしまったのである」

と書いてあるとおり、川柳文芸は『誹諧武玉川』より始まるといえそうである。その反面、初代川柳からが川柳文芸という人もいる。

『誹諧武玉川』の前句は五七五と七七がある。前句が五七五のときは、附句は七七であり、前句が七七の時は附句は五七五になる。俳句は俳諧の発句から発展し、俳諧の「俳」と発句の「句」をとって「俳句」となった。

川柳は俳諧の平句から発展したから、前句が五七五と七七がある。『誹諧武玉川』に掲載されている附句は五七五と七七の2種類ある。七七が「十四字詩」として川柳の仲間入りしている。『誹諧武玉川』には十七音と十四音があるが、『誹風柳多留』は十七音だけである。

『誹諧武玉川』
初篇　寛延3（1750）年～18篇　安永5（1776）年

『誹風柳多留』
初篇　明和2（1765）年～167篇　天保11（1840）年
※初代川柳時代は初篇～24篇　寛政3（1791）年まで。

『誹諧武玉川』は初篇から第15篇までを初代慶紀逸が撰をして、第16篇から第18篇までを慶紀逸の偉業をつぐ二世紀逸の撰によるものである。全18篇、12000余句が掲載されている。

初篇	寛延3（1750）年	初代紀逸
二篇	寛延4（1751）年	
三篇	宝暦2（1752）年	
四篇	宝暦2（1752）年	
五篇	宝暦3（1753）年	
六篇	宝暦4（1754）年	
七篇	宝暦4（1754）年	
八篇	宝暦5（1755）年	
九篇	宝暦6（1756）年	
十篇	宝暦6（1756）年	
十一篇	宝暦7（1757）年	
十二篇	宝暦8（1758）年	
十三篇	宝暦9（1759）年	
十四篇	宝暦10（1760）年	
十五篇	宝暦11（1761）年	

※宝暦12年5月、慶紀逸が死没した。
十六篇　明和8（1771）年　二代紀逸
十七篇　安永元（1772）年
十八篇　安永5（1776）年

『誹諧武玉川』と『誹風柳多留』との間ではその内容的特性が接近しているので、同吟、同想があり拾ってみる。

取付安い顔へ相談　（武玉川）七七句
談合は取付き安い顔へいひ　（柳多留）
間夫《まおとこ》の命拾ふて蚊に喰われ　（武玉川）
間夫は首を拾うて蚊に喰われ　（柳多留）
子を誉めて居る船の真ん中　（武玉川）七七句
まん中の子供をほめるわたし守　（柳多留）

主のない扇を遣《つか》ふ渡し守　（武玉川）
誰《た》が扇だか遣ってるわたし守　（柳多留）
三下《さんさが》りころせころせと人通り　（武玉川）
花の山いっそ殺せの三下り　（柳多留）
傘をさす手は持たぬ傾城《けいせい》（遊女）　（武玉川）七七句
傾城は傘をさす手はもたぬ也　（柳多留）
筏さし畳の上へ世をのがれ　（武玉川）
筏乗りたたみの上へ世をのがれ　（柳多留）
日頃の意趣《いしゅ》をはらす芋虫　（武玉川）七七句
いもむしで日頃の意趣をはらしけり　（柳多留）
生酔の後通れば寄りかかり　（武玉川）
生酔のうしろ通れば寄りかかり　（柳多留）
女房《にょうぼ》の望岸《ねがい》を漕がせる　（武玉川）七七句

岸ばかり漕がせたがるも女の気　（柳多留）

女房《にょうぼう》は簾の内で直《ね》をこたへ　（武玉川）

女房は障子の内で直をこたへ　（柳多留）

【解説】小商売の店の女房。子供に乳を飲ませている最中に「何々はいくらだね」と聞いてくるが、すぐに手が離せないので、障子の向こうから答えている情景。

泊まり客最《も》う隣から人の口　（武玉川）

泊り客近所では最うなんのかの　（柳多留）

【解説】あの家へ泊りに客が来ているが、きっとお嫁さんになる人だよ。などと近所でも、もううるさいことである。

よい男来る分散の礼　（武玉川）七七句

分散の礼に歩くは色男　（柳多留）

ふうのよいこと　ふうのよいこと

【解説】分散は今日でいう破産。債務者が支払いができなくなった時、いっさいの財産をさし出して公平に債権者に返す。句は多くの債権者に迷惑をかけたので、その礼廻りに歩くのは、身代をつぶしたご当人の色男だった。

「武玉川」と「柳多留」の同想句はここまで。ここから武玉川作品の解説。

冬ごもり独り口利く唐本屋

【解説】冬ごもりは寒風をふせいで家にこもること。主に漢籍を扱うのが唐本屋である。だれも来ない店で音読している。あるいは本の整頓をしながらぶつぶつ独り言をいう。文字も読め理屈もいう男であろうか。ぼそぼそと声がするだけかえって冬のわびしさがある。

取り付き安い顔へ相談

【解説】いまも「あの人は取っつきにくい」などというが、その反対の人物。何人も集まってむずかしい話をしている。その時に取っつきやすい人に意見を求めるというのだろう。よくある情景である。

丈《せい》くらべ手を和《やわ》らかに提げて居《いる》

【解説】子どもである。あごを引き首筋をのばしているが、手は力をぬいてさげている。

明るいおだやかな感じの句。

朝皃《がお》の思ひ直して二つ三つ

【解説】晩秋の朝。もう咲かないだろうと思うころ、2つ3つ咲いた。思い直してと朝顔をほめているような気分がある。

目薬の貝も淋しき置きどころ

【解説】ハマグリの貝殻に練り薬を詰めた。目が悪いので室内での動作もものしずかである。貝も部屋の隅の薄暗い棚などにひっそりと置かれている。

一日の機嫌も帯の〆ごころ

【解説】女であろう。朝、帯をきちんとしめる。固すぎず、ゆるすぎず、ぴたりときまると、それで一日中よい機嫌でいられる。微妙な感触である。帯と縁の薄くなった現代人には味わいにくいものになっている。

おどりが済んで人くさい風

【解説】座敷で一人か二人でする上品な踊りではない。多人数の踊りで、それが済むと思い出したように脂粉の香、汗ばんだ体のあついにおいがしてくるのである。

今出た海士《あま》のあらい鼻息

【解説】長時間、深くもぐっていた海士がすうっと浮かびあがった。

捨てものにして抱きついてみる

【解説】身を捨ててこそ浮かぶ瀬もあれで、ほれた女に思いきって直接行動に出た。拒絶され恥をかかされたらそれまでと思い定めた。当たって砕けろである。『武玉川』にある

抱きつくまでが恋の道行き

抱きつくと言うは叶わぬ時の事

抱きついて明るく成りし恋の闇

これらは素人《しろと》女のこと。『柳多留』にある

抱きつくにけいせい身うごかしもせず

の「けいせい」は傾城で遊女のこと。

湯女《ゆな》の情《なさけ》も一まわりずつ

【解説】一回りは7日。湯治、薬の服用はこれを単位として数える習慣であった。一回り

で効験がなければ二回りとする。箱根七湯をめぐるのも一回りずつである。湯女との情交の句であるが、湯女で有名なのは有馬であった。

武玉川調と川柳調

初代川柳が万句合を創刊したのは宝暦7（1757）年で、柳多留初篇が出たのは明和2（1765）年であるが、その当時の江戸座の俳諧を見ると、附合の中から一句立として長短の両句の混合の体裁をとった俳書が次々に出版されているのである。これは俳書の刊行に新機軸を出したものであった。

現在、武玉川だけが広まっているが、当時の俳書を列挙してみる。

誹諧武玉川初篇　慶紀逸撰　寛延3（1750）年
時宜《じぎ》録　英屋撰　宝暦3（1753）年
誹諧金砂子　晩成齋篇　宝暦4（1754）年
誹諧童の的　竹翁遺稿　宝暦5（1755）年

これらは江戸俳諧の附合の中から、その秀逸なるものを選んだものである。俳諧の附合と前句附とは素より系統を異にする。従って江戸俳諧の附合集と前句附の系統をひく柳多留とは混同するべきではない。前者は附合の中から附句を選んだものであり、柳多留は前句附の前句を捨てて附句だけを集めたものである。だから武玉川や童の的や金砂子などが柳多留の前身であり、柳多留への準備的な産物であったとはいえない。

武玉川と同一系統の俳書は川柳の万句合が広く行われた後でも、次々に刊行されていたのであって、それは江戸座の俳諧の系統に属するものであったし、万句合の方は全く前句附の系統を襲うたもので、別々な進路を取っているのである。

しかし内容的に考えてみると、両者の間には密接な関係がある。江戸座の俳諧が漸次人事的傾向を進め、卑俗な趣味を加えてきたことは既に述べたが、所詮浮世風・江戸風と称するものは奇抜な目新しい傾向を追ったものであって、穿ちも即ち人生の表裏を暴露するという傾向を進めていったのである。

前句附の方向でいうと、享保の三笠附の禁令以来、一時は真面目なものになったように見えたが、やはり享楽的な時代の影響から離れることはできなかった。殊に江戸座の俳風がおのずから前句附の上に影響を及ぼしたのである。初代川柳の前句附や俳諧の修業の過程は明らかではないが、その修業時代は洒落風や浮世風などの全盛の頃であって、一時、談林風の俳諧の点者をしたといわれている程であるから、前句附に対する批評眼がおのずから江戸風の俳諧に胚胎していることは察するに難くない。

実際、川柳の選んだ万句合の中には、すでに武玉川、金砂子、童の的などで選ばれた句と同一のものや、多少修正せるものや、着想の同一なものが少なからず挿入されている。そこで川柳調の成立を考えるについて、武玉川時代の俳諧を検討する必要があるわけである。

近世の三大改革

『柳多留』に入る前に、近世の三大改革に触れておく。『柳多留』の出版は、幕府の検閲との闘いであった。

○元禄時代　元年～16年（1688～1703）

4代将軍・家綱には子がなく、弟の上野《こうずけ》・館林藩主の綱吉が5代将軍になった。綱吉は学問を好み、文治政治の傾向をますます強めた。経済・文化の面でも大きな発展がみられた綱吉の時代を元禄時代という。

元禄時代は、17世紀末から18世紀初めの5代将軍綱吉の時代にあたり、側用人柳沢吉保が権勢をふるった時期で、華やかだが賄賂が横行し、生類憐みの令などの悪法が出され、幕府の財政が困難を迎えた時代である。

○享保時代　享保元年～20年（1716～1735）
8代将軍・吉宗が登場し、享保元年から享保の改革という政治改革を断行した。倹約による財政緊縮と収入増加のための年貢増徴・新田開発の奨励、さらに物価安定策が中心となったほか、人材登用や勘定奉行所の強化、法・裁判制度の整備などに取り組んだ。幕政を引き締めて倹約を励行し、財政を好転させて幕府を立て直し「幕府中興の祖」などと呼ばれた。

○田沼時代
田沼意次が側用人・老中として幕府の実権を握った宝暦（1751～1763）年間から天明（1781～1788）にかけての時期。

貿易振興・蝦夷地開発・新田開発など経済政策による幕政の積極的打開を意図したが、賄賂政治と批判され、天明飢饉や江戸打ちこわしにより失敗に終わった。

田沼時代には、商品経済の発展に対応した政策が試みられた。しかし、過度に権力が集中したため、その一族や縁者に賄賂を贈る風潮が強まり、武士の倫理を退廃させたとの批判も高まった。

また、商品経済の発展により、都市と農村では住民の階層分化が進み、幕府から負担を強いられた民衆の不満と反発は強まった。天明4（1784）年、若年寄の田沼意知《おきとも》を江戸城内で斬殺した旗本の佐野政言《まさこと》は、世間から「世直し大明神」ともてはやされた。

さらに浅間山の噴火などの災害と多くの餓死者を出した天明の大飢饉がかさなり、各地で大規模な一揆・打ちこわしが頻発して、幕藩体制は深刻な危機に陥った。

○寛政の改革

松平定信が天明7（1787）年～寛政5（1793）年までに行った幕政の改革。倹約令などの諸政策で、田沼時代に深まった幕藩体制の危機を乗り切ろうとしたもの。

老中・松平定信は田沼の政治を悪政であると徹底的に批判し、厳しい倹約と文武の励行による綱紀の粛正など、寛政の改革と呼ばれる政治改革を行った。

○文教政策（言論出版の統制）

寛政異学の禁。朱子学を正学、それ以外を異学とする。言論出版の統制により、『誹風柳多留』も統制の対象になった。幕府を批判した句があれば、出版禁止になったところである。

現実の幕政に批判的な文学や思想が登場したので、幕府は出版統制令を出して抑圧した。

遊里を描いた洒落本と世相をあげつらう黄表紙を取り締まり、代表的作家の山東京伝と出版元の蔦屋重三郎を処罰した。

洒落本は元禄期の浮世草子をひきつぐ系統の文芸書で、遊里の生活を写実的に描いた。黄表紙は、風刺滑稽を主としたもの。ともに山東京伝が代表的作家である。

『誹風柳多留』の版元・花屋久次郎の発行に係る初篇から29篇には、2篇を除けば総てに異本がある。異本というのは、かれこれ違った句の載った本および必ずある頁が抜けている本のことである。

法学博士・岡田三面子（朝太郎）の『寛政の改革と柳樽の改版』（昭和2年発行）という本がある。寛政の改革によって、幕府の検閲を通過するため、『柳多留』には二種あるという。二種といっても全然違ったものではなく、末番の句、博徒の句、役人の悪口の句、罪人の句、その他風紀に関する句を改竄《かいざん》して、後世出版したのが柳多留の異本である。

例　役人の子はにぎにぎをよく覚え　柳多留初篇6丁

役人は幕府の役人だけでなく、諸藩のいろいろな係りの武士をもいう。いずれにしても賄賂が大流行りだから、赤んぼまでに伝染して、にぎにぎをよく覚えるだろうという風刺。じつは、武士一般あるいは封建制への痛烈な批判なので、寛政の改革ごろにこの句を異本で削除している。

今井卯木氏の文に曰く。

・柳多留の初篇は明和2（1765）年の発行であるのに、それから満24年を隔てて寛政元（1789）年に発行した23篇の句が遡って入れられている。

・柳多留の23篇にあるというだけでは、必ずしもそれが20有余年後の句と断言することはできないが、研究の結果、間違いのないことは確かである。

・23篇の23丁は多くの本に無い。それのあるのに就いて調べると、その中から4句だけ初篇へ行っただけでなく、25篇へ2句、27編へ3句というふうに所々へ散らしたのである。

・斯《か》く散らして残る句が無くなったとすれば、その丁を残す訳にはいかぬから削除する。

※丁は書籍の紙数を数える語。表裏2ページを1丁という。

寛政の改革の「言論出版の統制」において、『柳多留』を幕府役人に提出する時、危ない句を抜いて「異本」を作成した。大変な努力をしたと思う。

松浦静山の川柳と時代背景

名君として誉れ高い松浦《まつら》静山は肥前平戸の城主であった。静山は川柳人として柳多留にその名を留めた大名であった。静山の書いた『甲子《かっし》夜話』は文政4（1821）年〜天保12（1841）年まで書き綴られた。

静山と田沼意次との関係をひとつ紹介すると、「平生、田沼意次の家へご機嫌伺いに行く者は、大層なものであった。甲子夜話を書いた松浦静山が、20歳の頃、田沼の家へご機嫌伺いに行ったことがある。その時の事を記してあるのには、松浦は田沼の屋敷に行き、大勝手の方へ入った。其の所は三十余畳も敷ける所であった。大抵の老中の屋敷は、一列に並んで障子を背にして座っているのが通例であるのが、田沼の座敷は両側に居並んで、それでもまだ人数が余るので、後ろにまた其の間に幾筋も並んで、なおそれでも人が余って、またその下の横に居並んで、なお余るのは座敷の外側に、幾人も並ぶという風である。

何れも刀は次の間に脱いで置くのであるが、何十振とも知れず並んで、鞘宛も海波を描けるが如くであった。

田沼の公用人三浦庄二という者に、田沼に逢いたいと三浦に申し入れたところが、只今御目にかかりましょう、然しながら表の方を出ますと、お客の方から取り巻かれて、なかなか急に拝見が叶い難い、何卒潜かに別席へというので、松浦は別席へ案内せられた、陪臣の身で堂々たる大名をこの如くに扱ったのである」

11代将軍・家斉の大御所時代がやってくる。55人もの子女をもうけ、そのもとで老中水野忠成《ただあきら》が権勢をふるい田沼時代の再来かのような賄賂、汚職がはびこった時代とされる。

老中水野忠成は、沼津三万石（後に五万石）の大名であった。沼津第一小学校（設立・明治元年、沼津兵学校付属小学校）に水野家の碑があり、校長室には徳川慶喜の書が額に入っていた。

19世紀半ば近くの天保12（1841）年から、大御所政治を徹底的に批判し、天保の改革と呼ばれる政治改革を断行したのが老中水野忠邦である。寛政の改革が直面した内憂外患の体制的な危機を迎えた段階での政治的対応として理解する。幕藩制国家と社会の体制的危機の第2段階への対応である。大御所時代を諷刺した句を紹介する。

水の出てもとの田沼となりにける

※老中水野忠成と田沼意次が掛けてある。

そろそろと柳に移る水の影

※柳沢吉保と水野忠成が掛けてある。

内憂外患の深刻化とともに社会の緊張が強まり、政治や社会を批判、あるいは風刺する言動も数多く生まれた。そのため、広い意味での文化への弾圧と統制の強化は苛烈であった。

享保、寛政の両改革とともに出版への統制を打ち出し、将軍や幕府役人と幕政への批判、および風俗を乱すとみなされた書物への規制が、しだいに強化されていった。

なかでも天保の改革では、幕府期間によりすべての出版物を出版前に検閲する新たな統制制度を導入した。書物の出版は、それまでは書物問屋仲間の年行事によるいわば自主規制により統制されていたが、天保の改革からは、著者→書物屋→町年寄→町奉行→学問所・天文方という出版手続きに変更された。

すべての書物は、原稿の段階で洋書の翻訳は天文方、それ以外は学問所が検閲して出版の許可・不許可を決め、許可を受け出版したら1冊は学問所へ納本するという仕組みになった。好色本や人情本などの統制という面のみならず、政治批判や外国情報の流布を防ぐ意図が濃厚である。内憂外患の緊張した時代における政治批判と情報の流布規制することを狙った、強権的な思想統制策といえる。

民衆的な文化は多方面にわたり発展したが、とくに諸芸能の隆盛は著しかった。改革では、民衆的な芸能に対し、風俗の統制という観点から厳しい規制を加えた。「芝居が本となりて世の中が芝居の真似をする」というほどの強い影響力を持つに至った江戸歌舞伎三座は、社の悪しき風俗の元凶とみなされ、浅草の場末に移転させられた。

※江戸三座とは、江戸の歌舞伎劇場、中村座、市村座、森田座。後に山村座を加えて江

戸四座という。

寺社の境内で小屋がけで興行されていた宮地芝居（宮芝居）は、芝居の内容では、江戸三座に劣るものの料金が安いため庶民に人気だったが、すべて撤廃させられた。落語、浄瑠璃、講談、物まね、影絵などが演じられて、下層町人の最高の娯楽といわれ、天保12（1841）年に町奉行支配地だけで211軒もあった寄席は、わずか15軒に減らされた。しかも興行の内容は勧善懲悪の筋立てで民衆教化に役立つという理由から、軍書講談、神道講釈、心学、昔話の四つに限定されてしまった。芸人たちは、隠れて、あるいは大道や空き地で演じるしかなくなった。

40代後半から投句を始めた松浦静山は、何事も中途半端で終わらせる人物ではない。還暦を過ぎて書き始めた『甲子夜話』は終生筆を止めなかった事でも知れる。

甲子夜話で取り上げた柳句は、公方や幕閣を名指しで痛烈に風刺をしているが、おそらく読み人知らずの落首が土台になっているものと相当にあって、静山の耳に入ってからは夜話に書き写すのに慎重に扱ったものである。無論、市井の出来事、人情句は柳多留にも取り上げているので作者、選者の寸鉄性を静山自身の批判精神と共に愛したものと思う。柳句とは、川柳の別呼称。俳句に対しての用語と思われる。五世川柳時代に使われた。

『誹風柳多留』刊行

川柳は江戸時代中期、17世紀後半の江戸に興った文芸で、江戸時代に作られたおよそ20万句が現在も残っている。初代川柳評の上昇機運に乗って、これまでの選句からさらに厳選した句集を出そうと思い立ったのが呉陵軒可有《ごりょうけんかゆう》である。初代川柳の近所に住む友人で、初代川柳が点者を始めた時にもいろいろ支援したが、今回は編集を引き受けたのである（呉陵軒可有はいつも勝句になって、木綿などの景品をもらったから御了見有るべし「堪忍してください」を号にした）。

序文に書肆何某が来て、7年間の摺り物を「このままに反古になさんも本意なし」といって、出版を奨めたのは、初代川柳や呉陵軒可有の友人、版元の花屋久治郎（花久）とある。だから『柳多留』は初代川柳、可有、花久の合作といっても差し支えない。

初代川柳の死後、初代川柳の長子が二世、五男が三世川柳の名跡をつぎ、四世は八丁堀の同心・人見周助が、五世は佃島の魚問屋水谷金蔵が継いだ。四世は名称を俳風狂句と変え、五世は柳風狂句と称したので、幕末から明治にかけては、狂句という呼び名が広くおこなわれたが、明治の末ごろになってから文学史的には「川柳」に統一された。

「俳風狂句」とは、四世川柳・人見周助が命名した呼び名。しだいに言語遊戯化が進むことにより、四世川柳が川柳を堕落させた狂句の元祖のように言われることがある。「柳風狂句」とは、四世川柳の俳風狂句を五世川柳の時代に改名したもの。

取次を媒体とした作家グループを組連という。取次に所属する作家たちが、次第に終結してグループという句会を催すようになったのを組連句会と呼ぶ。通常、8月を第1回とする川柳評万句合が始まる前の空いた期間に川柳を招いて行われた。これを春期万句合と呼ぶ。

呉陵軒可有が指導した山下薩秀堂の「桜木連」「下谷」は、川柳評の初期から活躍しており、最初の組連句集である『さくらの実』を上梓している。その他、麹町の「梅連」、麻布の「柳水連」、牛込の「蓬莱連」「築土連」などがあった。

初篇　明和2（1765）年　初代評
2篇　明和4（1767）年
3篇　明和5（1768）年
4篇　明和6（1769）年
5篇　明和7（1770）年
6篇　明和8（1771）年
7篇　安永元（1772）年
8篇　安永2（1773）年
9篇　安永3（1774）年
10篇　安永4（1775）年
11篇　安永5（1776）年
12篇　安永6（1777）年
13篇　安永7（1778）年
14篇　安永8（1779）年

15篇　安永9（1780）年
16篇　天明元（1781）年
17篇　天明2（1782）年
18篇　天明3（1783）年
19篇　天明4（1784）年
20篇　天明5（1785）年
21篇　天明6（1786）年
22篇　天明8（1788）年
23篇　寛政元（1789）年
24篇　寛政3（1791）年　初代評終
25篇　寛政6（1794）年　和笛評
※「和笛」は桃井庵和笛。川柳風の万句合を引き継いだ。寛政12（1800）年没。
26篇　寛政7（1795）年　和笛評
27篇　寛政10（1798）年　和笛評
28篇　寛政11（1799）年　和笛評

29篇　寛政12（1800）年　和笛評
30篇　文化元（1804）年　初代再録
31篇　文化2（1805）年　初代再録
32篇　文化2（1805）年　麹町評
33篇　文化2（1805）年　麹町評
34篇　文化3（1806）年　二世評
35篇　文化3（1806）年　二世評
36篇　文化4（1807）年　麹町評
37篇　文化4（1807）年　小石川評
38篇　文化4（1807）年　麹町評
39篇　文化4（1807）年　下谷評
40篇　文化4（1807）年　麹町評
41篇　文化5（1808）年　下谷評
42篇　文化5（1808）年　麹町評
43篇　文化5（1808）年　下谷評
44篇　文化5（1808）年　下谷評

45篇　文化5（1808）年　麹町評
46篇　文化5（1808）年　文日堂評
47篇　文化6（1809）年　二世評
48篇　文化6（1809）年　下谷評
49篇　文化7（1810）年　麹町評
50篇　文化8（1811）年　小石川評
51篇　文化8（1811）年　武蔵野評
52篇　文化8（1811）年　麹町評
53篇　文化8（1811）年　不明
54篇　文化8（1811）年　武蔵野評
55篇　文化8（1811）年　麻布評
56篇　文化8（1811）年　奉納句
57篇　文化8（1811）年　武蔵野評
58篇　文化8（1811）年　小石川評

※58篇の序は小石川連の「東海道中膝栗毛」の著者・十返舎一九が書いている。

十返舎一九は本名・重田貞一。明和2（1765）年〜天保2（1831）年。享年67。駿河国・府中（駿府）で町奉行・同心の子として生まれる。江戸時代後期の戯作者、絵師、日本で最初に、文筆のみで自活した。黄表紙、滑稽本、『東海道中膝栗毛』の作者として知られる。

〔辞世の歌〕この世をば どりゃおいとまにせん香の 煙とともに 灰左様なら

浅草の東陽院に葬られた。火葬にされた際、一九があらかじめ体に仕込んでおいた花火に点火し、それが上がったという逸話は、初代、林家正蔵による創作であるとされている。

父親が元八王子千人同心の重田与八郎の二男であるため、墓石や過去帳には元八王子千人同心の子として記載されている。

59篇　文化9（1812）年　麹町評

60篇　文化9(1812)年　麹町評
61篇　文化9(1812)年　如雀評
62篇　文化9(1812)年　東朔軒評
63篇　文化10(1813)年　不明
64篇　文化10(1813)年　追善会
65篇　文化10(1813)年　句合
66篇　文化11(1814)年　不明
67篇　文化12(1815)年　文日堂評
68篇　文化12(1815)年　不明
69篇　文化14(1817)年　挿柳集
70篇　文政元(1818)年　さくらの実
71篇　文政2(1819)年　追善会
72篇　文政2(1819)年　不明
73篇　文政4(1821)年　不明
74篇　文政4(1821)年　不明
75篇　文政5(1822)年　不明

76篇　文政6(1823)年　湖水追善
77篇　文政6(1823)年　不明
78篇　文政6(1823)年　追善会
79篇　文政7(1824)年　不明
80篇　文政7(1824)年　バレ会
81篇　文政7(1824)年　武蔵野評
82篇　文政8(1825)年　四世披露
83篇　文政8(1825)年　文日堂評
84篇　文政8(1825)年　小石川評
85篇　文政8(1825)年　葛飾連

※葛飾北斎が序を書いている。

葛飾北斎は宝暦10(1760)年～嘉永2(1849)年、享年90。浮世絵師で有名であるが、北斎は川柳家として「葛飾連」を主宰していた。川柳号は「卍《まんじ》」という。『誹風柳多留』85篇の序は北斎が書いた。

鼾には国なまりなし馬喰町　卍

乾坤の気に戻るもの屁とあくび　卍
地蔵堂近所の餓鬼の遊び所　卍

86篇　文政8（1825）年　扇朝追福
87篇　文政8（1825）年　武蔵野連
88篇　文政8（1825）年　市川三升
89篇　文政9（1826）年　二世眠亭
90篇　文政9（1826）年　五葉堂序
91篇　文政9（1826）年　不詳
92篇　文政10（1827）年　登満人序
93篇　文政10（1827）年　楚満人序
94篇　文政10（1827）年　登満人序
95篇　文政10（1827）年　忠臣蔵
96篇　文政10（1827）年　桜川序
97篇　文政10（1827）年　末広連
98篇　文政11（1828）年　末広連
99篇　文政11（1828）年　末広連

100篇　文政11（1828）年　末広連
101篇　文政11（1828）年　三升序
102篇　文政11（1828）年　雪堂序
103篇　文政11（1828）年　四世序
104篇　文政11（1828）年　雪堂序
105篇　文政12（1829）年　雪堂序
106篇　文政12（1829）年　杜蝶追補
107篇　文政12（1829）年　三升評
108篇　文政12（1829）年　武蔵連
109篇　天保元（1830）年　四世川柳

※四世川柳は本名・人見周助。安永7（1778）年～天保15（1844）年、（享年67）。
　江戸南町奉行・物書同心、三十俵二人扶持。二世川柳の門下で達吟家として活躍。俳風狂句元祖であり、「末広会」を催す。『柳多留』103篇の序を書く。

〔辞世の句〕香のあるを思ひ出にして翻《こぼ》れ梅

四世川柳の傘下または後援者は、葛飾北斎、狂歌堂、六樹園、柳亭扇橋、都々逸坊扇歌と、当時世間に知られた人々である。

110篇　天保元（1830）年　腥斎佃序
111篇　天保2（1831）年　高山連
112篇　天保2（1831）年　十返舎評
113篇　天保2（1831）年　武蔵野連
114篇　天保2（1831）年　和歌堀
115篇　天保2（1831）年　集馬追善
116篇　天保3（1832）年　小船連
117篇　天保3（1832）年　中住追悼
118篇　天保3（1832）年　武蔵野連
119篇　天保3（1832）年　和歌堀
120篇　天保3（1832）年　小桜
121篇　天保4（1833）年　別篇二種
122篇　天保4（1833）年　成田山奉納

123篇　天保4（1833）年　成田山奉納
124篇　天保4（1833）年　成田山奉納
125篇　天保4（1833）年　成田山奉納
126篇　天保4（1833）年　成田山奉納
127篇　天保4（1833）年　成田山奉納
128篇　天保4（1833）年　松歌追福会
129篇　天保5（1834）年　二世木卯序
130篇　天保5（1834）年　初瀬連
131篇　天保5（1834）年　真砂連
132篇　天保5（1834）年　曳馬連会
133篇　天保5（1834）年　二世木卯序
134篇　天保5（1834）年　真砂連
135篇　天保5（1834）年　柳糸追善
136篇　天保5（1834）年　江戸川連
137篇　天保5（1834）年　初瀬連

（天保6（1835）年から天保8（1837）年まで）

138篇　天保6年〜天保8年
139篇　天保6年〜天保8年
139篇　天保6年〜天保8年
140篇　天保6年〜天保8年
141篇　天保6年〜天保8年
142篇　天保6年〜天保8年
143篇　天保6年〜天保8年
144篇　天保6年〜天保8年
145篇　天保6年〜天保8年

（天保9（1838）年から天保11（1840）年まで）

146篇　天保9年〜天保11年
147篇　天保9年〜天保11年
148篇　天保9年〜天保11年
149篇　天保9年〜天保11年
150篇　天保9年〜天保11年
151篇　天保9年〜天保11年
152篇　天保9年〜天保11年
153篇　天保9年〜天保11年
154篇　天保9年〜天保11年
155篇　天保9年〜天保11年
156篇　天保9年〜天保11年
157篇　天保9年〜天保11年
158篇　天保9年〜天保11年
159篇　天保9年〜天保11年
160篇　天保9年〜天保11年
161篇　天保9年〜天保11年
162篇　天保9年〜天保11年
163篇　天保9年〜天保11年
164篇　天保9年〜天保11年
165篇　天保9年〜天保11年
166篇　天保9年〜天保11年
167篇　天保9年〜天保11年

『誹風柳多留』初篇

『誹風柳多留』初篇の「序」は呉陵軒可有が書いた。これを現代文に直すと、

「さみだれ降る日のつれづれに、部屋の隅や棚の上から、数年前からの『前句附』の刷り物をさがし出して、机の上にのせてながめている所へ、書肆の某君が来て、このまま反古にするのは残念だというのに従って、前句なしの一句だけで、句意のよくわかるのを集めて一冊とした。現代の俳諧の傾向に近い秀吟もあるので、前句附と俳諧の結びつきという意味で、柳樽と題した。時に明和2年酉五月、浅草下谷の間に住む呉陵軒可有述。」

※書肆の某君とは、近くに住んでいた版元の花屋久治郎（花久）のこと。星運堂主人。

※柳多留初篇は756句ある。私の調べたかぎりでは、全句が五七五の定型になっている。

※現代の俳諧の傾向に近い秀吟すなわち最新流行の武玉川風の俳諧と、昔ながらの前句附との結合、いわば両者の結婚である。だから結納や婚礼の必需品の「柳樽」を題名にした、というのである。そして縁起よく「柳多留」という字を宛てたのである。

『誹風柳多留』初篇からの抜粋してみる。

五番目は同じ作でも江戸産れ

この句は、初篇の最初の句である。江戸では春秋の彼岸に、六阿弥陀詣でがはやっていた。行基が刻んだ同木の6体の阿弥陀仏のうち、5体は江戸の郊外にあるが、5番目だけは、上野山下の盛り場を東に少し入った、今のアメ屋横丁の辺の常楽院にあるから、さし詰め江戸産れと言おうか。

※前句「にぎやかな事　にぎやかな事」

※「行基」は奈良時代の僧。大仏造営の勧進に起用されたり、社会事業を行なった。同木から5体が彫られたので、産れは同じであるが、寺の場所から詠んでいる。

かみなりをまねて腹がけやっとさせ

裸の子に腹がけをさせようとすると、手をすりぬけて逃げまわる。それで、オヤ、ゴロゴロ、雷さまが鳴っているよ、おお怖い怖い。それで子どもが寄って来るのをつかまえる。盛夏の家庭のほほえましい寸景である。

※前句「こわい事かな　こわい事かな」

上がるたびいっかどしめて来る女房《にょうぼ》

もと奉公していたお屋敷へ、ご機嫌伺いに行くと、結構いろんな頂戴ものをしてくる。如才ない、しっかり者の女房らしい。「にょうぼ」と発音。

※前句「けっこうな事　けっこうな事」

※「いっかど」とは、かなり沢山なこと。

百両をほどけば人をしさらせる

小判を百両包んだのをほどくと、居合わせた人は燦然たる黄金の光に圧倒されて、無意識に身を後ろへ遠ざける。百両の威力を「人を退らせる」という叙述がよく語っている。

※前句不明

しかってもあったら禿《かぶろ》炭を喰い

吉原の妓楼に居る可愛らしい「かぶろ」が叱っても叱っても炭を喰いたがるのは、ほんとに惜しいことだ。いわゆる異味症で、炭や土を喰う。この少女は立派な遊女になると期待されているから「可惜《あったら》」なのである。

※前句「かくしこそすれ　かくしこそすれ」

※「禿」とは、上級の遊女に使われる10歳前後の見習いの少女。「あったら禿」は惜しむべき禿。

食いつぶすやつに限って歯をみがき

のらりくらりと怠けて身代を食いつぶす奴にかぎって、お洒落して歯を磨く。その歯で食いつぶすわけだ。歯を磨くのは一般人の風俗でなくて、気どり屋の若者のすることだった。房楊枝に歯磨き粉をつけるのだが、それは砂に匂いをつけただけのものだった。

※前句「ねんのいれけり　ねんのいれけり」

子が出来て川の字形《な》りに寝る夫婦

子が出来ると、これまでならんで寝た夫婦の間に子を寝かすので、川の字のような形になる。

※前句「はなれこそすれ　はなれこそすれ」

朝めしを母の後ろへ喰ひに出る

朝帰りの息子が、飯をたべろと言われ、父親の視線を避けて、母親のうしろに小さくなって食べているのだ。

※前句「めいわくな事　めいわくな事」

役人の子はにぎにぎを能覚《よくおぼえ》

役人は役得で賄賂をつかまされるので、その子もしぜんに拳を握ったり開いたりする「にぎにぎ」をよく覚える。周知の痛烈な風刺、現代にも生きている句。
※前句「運のよい事　運のよい事」
※この句はあとで問題になったが、前句によると、風刺ではなく、羨ましい気持ちを素直に表現しただけである。

鼻紙で手をふく内儀酒も成り

手が濡れると、ふところに挟んだ鼻紙を出して拭く、というような内儀は水商売あがりで、酒も結構いけるものだ。堅気の人妻なら、銭を出して買う鼻紙は使わないで、ふきんや手拭で済ますだろうが。
※前句「めったやたらに　めったやたらに」

指の無い尼を笑へば笑ふのみ

尼の手の指が一本足りないのを見つけて、おや、尼さん隅におけないなと笑うと、尼は何も言わず、ただ微笑するだけだった。当時、遊女は客への心中立てに指を切ることがあったから、この尼の前身は遊女とわかるのである。
※前句「困りこそすれ　困りこそすれ」

婚礼を笑って延ばす使者を立て

娘の生理による日延べの申し入れは、老巧な年寄りが使者に立って、談笑のうちに伝達するのだ。なお女性の生理を「下町の火事」という。

※前句「自由なりけり　自由なりけり」

緋の衣着れば浮世がおしくなり

世を捨てて僧になったが、しだいに出世して緋の衣を着るようになると、かえって浮世への執着が強くなる。名誉欲、物質欲、その他いろいろの迷いが出てくる、この矛盾。

※前句「どうよくな事　どうよくな事」

※貪欲が転じて胴欲。非常に欲が深いこと。

むく鳥が来ては格子をあつがらせ

田舎者の一団が、吉原見物に来て、遊女屋の格子の前に立ちふさがって、じろじろ熟視すると、風通しは妨げられるし、いやな感じなので、中の遊女たちを暑がらせるのである。

江戸時代は張り見世で、遊女が顔を並べている。それを無遠慮にじろじろ見るのは、野暮の骨頂である。

※「むく鳥」とは、田舎者の群れの蔑称。
※前句「きのどくな事　きのどくな事」

国の母生れた文を抱きあるき

遠い所へ嫁いだ娘が懐妊したと聞いて、逢えないだけに心配していたが、安産を知らせる手紙が来たので大喜び、孫を抱くような気持で手紙をもち、方々へ吹聴してまわっている。
※前句「いさみこそすれ　いさみこそすれ」

お袋をおどす道具は遠い国

道楽息子が父親から厳しく叱られて、小遣いもろくにない。あとは母親をおどす一手と、あわれな声を出して遠い国へ行きますとか、ひょっとしたら十万億土かも知れないとか。ここを先途とやって臍くりを引き出そうとする。
※前句「目立ちこそすれ　目立ちこそすれ」

衣類迄まめで居るかと母の文

娘が縁付いた先への手紙に、健康《まめ》でいるかと尋ねるほかに、衣類もまめか、質などに入らず、ちゃんとうちに有るかと、暮らし向きへの心配も入っている。

※前句「さまざまな事　さまざまな事」

捨子じゃと坊主禿をなで廻し

吉原の妓楼で、坊主頭の男禿（男の子で代用することもあった）をつかまえて、頭をなで廻して、お前は捨子だったが、元気に育ったなあ、大きくなったら何になるんだ、などと客がからかうのである。

※前句「おしみこそすれ　おしみこそすれ」

禿よくあぶない事を言はぬなり

遊女というものは、色々な秘密を持つが、その身辺に在って雑用をする禿は差し障りのあることは、本能的に知るとみえて、客の前では口にしない。年端もいかないのに、かしこいものである。

※前句「はつめいな事　はつめいな事」

※「発明なこと」は子供で頭の回転が早く、かしこいさま。

隅っこへ来ては禿の腹を立て

叱られたり、こき使われたり、しかし訴える相手もない禿は、物かげの隅っこで、小さい声でクソ婆アなどとつぶやいている。幸うすくして大人の色情世界に投げ込まれた禿のあわれを、川柳はよく捉えて、佳句が多い。
※前句「のけて置きけり　のけて置きけり」

乳貰ひの袖につっぱる鰹節

妻に死なれ、乳飲み子をのこされると、牛乳などない時代では、気兼ねしいしい、よその子持ち女に乳をのませてもらうしかない。鰹節が袖につっぱらかっているのから察すると、鰹節をなめさせても泣き止まないので、乳貰いに出たとみえる。夜中など一層困るので、「南無女房乳を飲ませに化けて来い」という切実な句もある。
※前句「あかぬ事かな　あかぬ事かな」

是小判たった一晩居てくれろ

庶民のくらしでは、小判は入ったと思うと、すぐに出てゆく、どうか頼む、たった一晩でもいいから居てくれよ、というのが大衆の偽らぬ心もちである。
※前句「あかぬ事かな　あかぬ事かな」

親類が来ると赤子のふたを取り

お産の見舞いに親類の人が来ると、枕元の屏風をあけて、産婦の隣の赤子の顔を、まるでふたでも取るように出して見せる。宝物でも見せるような、丁重なあつかいである。嫁の初産であろう。

※前句「いそいそとする　いそいそとする」

弐三歩が買うとうるさい程はなし

ちかごろ吉原行を覚えた奴が、弐分（四歩で一両）や三歩の中級以上の女郎を買うと、鬼の首でも取ったように、やたらと吹聴したがるものだ。それ以下には、一歩（千文）、二朱（五百文）などがあった。

※前句「ぐちな事かな　ぐちな事かな」

※男子が童貞を破ることを「筆下ろし」といった。また一物を「伝家の宝刀」といった。いよいよという時以外にはみだりに使用しない。

かごちんをやって女房はつんとする

吉原帰りの駕籠賃か、戸を開けて女房に払わせる。つんとして不快感を表明するのだが、朝帰りだと、「ぶっつけるやうに駕籠賃女房出し」となるかもしれない。

※前句「ぞんぶんな事　ぞんぶんな事」

岡場所はくらはせるのがいとま乞

岡場所と呼ばれる非公認の遊所では、帰る時も「きぬぎぬ」などという優しさはなく、客の背中をポーンとどやしつけて、「またおいでよ」というようなあんばいである。

※前句「いやしかりけり　いやしかりけり」

※岡場所は公認遊里の吉原以外の遊所の総称。江戸へ入る街道の宿場である品川（東海道）、新宿（甲州街道）、板橋（中山道）、千住（日光街道）などの宿場女郎の外、深川、上野、その他に数十か所の私娼窟があった。宿場女郎は、本来が飯盛りなので、一軒に2人まで、絹物を着た上妓は隠しておいた。

白いのに其の後あはぬ寒念仏

寒念仏がある夜、白装束の丑の時参りに出会ったが、一度きりでそれ以後は出会わない。人に見られると祈りが効かないから道を変えたのだろう。

※前句不明

※丑の時参りは、人を呪うため午前2時ごろ、藁人形を釘で神木などに打ち付ける。嫉妬深い女の仕業という。

乳の黒み夫に見せて旅立たせ

妊娠すると乳首が黒ずむ、それを長旅に出る夫に見せて、後に不貞を疑われることのないようにする。用意周到。

※前句「正直な事　正直な事」

江戸川柳　尾張・三河名所歩き

江戸時代の川柳には、筆者の地元である愛知県内の各地を詠んだものをかなり目にする。この章では尾張・三河の名所巡りを紹介したい。

句の下の記号は句の出典である。不用のものと思われるかもしれぬが、句の戸籍ともいうべきものであり、江戸時代に作られたものであることの証明になり、また句の作られた時代背景を知る手がかりになるところから、あえて付記した。

江戸川柳「尾張名所歩き」

●熱田神宮

熱田神宮の御神体の草薙剣《くさなぎのつるぎ》は、素戔嗚尊《すさのおのみこと》が、出雲国（島根県）の簸川《ひのかわ》で8つの頭を持つ八岐《やまたの》大蛇《おろち》を退治した時に、大蛇の尾から出たものとされる。

神代にもだます工面は酒が入り　（一7）

（一7）は、柳多留初篇の第7丁。「丁」は書籍の紙数を数える語。表裏2ページを1丁という。「神代にスサノオノミコトが八岐大蛇に酒を飲ませ、酔い潰れたところを退治して以来、人をだまして丸めるには酒の力を借りるのが一番であるという」。

宝剣はおろち下戸なら今に出ず　（明四松3）

（名四）は「明和4年」、（松3）は「川柳評万句合」の摺り物の発行の時を示す合印、下の算用数字は何枚目かを示す。「大蛇が下戸であったら宝剣は手に入らなかった」。

どっちらも好きで大蛇はしてやられ　（拾五6）

（拾五6）は柳多留拾遺五篇の第6丁。拾遺とは柳多留からもれている秀句を拾い補って編纂した書籍。「大蛇は常に一人の美女をいけにえに要求したといわれるので、酒と女は身を亡ぼす大敵。人間とても同じであろう」。

熱田とはいえど氷の御神体　（八三66）

柳多留83篇の第66丁。「宝剣を草薙剣と称する。宝剣を抜けば、玉ちる氷の刃といわれるから、熱田の熱と氷をかけて面白さを詠んだ」。
日本武尊《やまとたけるのみこと》が東征の折り、駿河の国にて賊にあざむかれて四方より火攻めにあったものの、剣で草を薙《な》いで、火を防ぎ、向かい火をつけたらその火が逆に賊を焼き払った。そこでこの地を焼津と名づけた。今でも静岡市清水区草薙、焼津市の地名が残っている。

御神徳氷で敵の火をしめし　（一一二12）

神変の氷炎の草を薙ぎ（新篇五9）

燃え出づる草を氷で薙ぎ給い（六〇1）

「しめし」は湿し。「新篇」とは『新篇柳樽』（初篇～55篇）。「神変」とは人知ではかり知ることのできない不思議な変化。新篇は「柳多留」ではなく「柳樽」とした。

民草をなびけ夷賊を薙ぐ御剣（梅柳十六23）

「民草《たみくさ》」とは、人民を草にたとえていう語。「夷賊《いぞく》」とは、従わぬ他の部族、民族をいやしめていう語。蝦夷（えぞ、えみし）といわれた先住民族（アイヌ民族）。「えみし」は「えぞ」の古称。

今も尾の国に剣の御神体（新篇三六20）

「尾の国」とは尾張のこと。熱田神宮を指す。

かたのない智謀熱田の御賽銭（四二15）

織田信長は桶狭間の合戦において今川義元の大軍を破り、その名を天下にとどろかせたが、出陣に先立って熱田神宮に参拝して必勝を祈願した。信長は銭を投げて吉凶を占い、投げ銭は、はした銭だが、智謀の方は一方ならぬ明智である。

「かたのない」は、根拠がない意味だが、とても凡人には考えられないような謀り事だという。

なめかたの銭ははしたな智慧でなし　(新篇三七19)

「なめかた」とは、銭を投げて、裏が出るか表が出るかかを言い当てる賭博。銭の文字がある方を形《かた》といい、裏のなめらかな方を滑《なめ》といった。

●尾張国愛知郡中村郷

名古屋城の西方やや南より、中村公園の一角に豊臣秀吉誕生の地といわれる一叢《ひとむら》の竹林と碑がある。『東海道名所図会』では「豊臣秀吉公生誕古跡」として中村にある。加藤虎之助清正の出生地も此の南の隣村の中村である。

とりあえず弥助産所へ餅莚《むしろ》　(一三八12)

正月のこととて、餅を乗せる莚を敷いてお産の準備をする。弥助は秀吉の父。秀吉の誕生日は天文6(1537)1月1日。

若水を産湯に弥助焚きつける　(一四四24)

若水の手桶に産湯弥助汲み　（新篇一三9）

元日の朝に初めて汲む水を若水という。それを沸かして産湯の用意。

門礼をうけうけ弥助胞衣《えな》を埋《い》け　（一四一31）

年賀の挨拶を門口でおこなうのが門礼で、新年の挨拶もそこそこに後産（胞衣）の始末をする。

此上もない年強《としづよ》と弥助言い　（一四二9）

1年の前半に生まれた者を年強といい、その逆が年弱とである。元日の生まれなら、まさにこの上もない年強ということになる。

あやすのは弥助身振りも猿回し　（七九34）

与次郎の身振りで弥助子を愛し　（一四一8）

与次郎は猿回しの異称。秀吉の容貌が猿に似ていたといわれるところからの作句であり、次のような句もある。

鉄石の勇士成程鍛冶屋の子　（一二五28）

足でまま炊いたを食った虎之助 （四四6）

鍛冶屋のふいごは足を使って風を送り、火をおこす。それで生活費を出すところからの句。加藤清正は鍛冶屋の子であった。

●桶狭間の戦い

永禄3（*1560*）年、桶狭間で織田信長が今川義元を奇襲して敗死させた戦い。

兵量を大高ホイと入れ給ひ （九七13）

清州を居城としていた信長は、鳴海近くの鷲津・丸根の砦に約500の兵を配置しており、一方、大高の山口左馬助は今川方に内通していた。その大高の兵量が尽きかかっていたのを、当時、今川方の人質となっていた徳川家康が運び入れた。

御武功のはじめ丸根も鷲づかみ （九八21）

鷲津・丸根の両砦は今川勢の大軍によって攻め滅ぼされてしまった。この時、家康は19歳の初陣だった。

勝って兜の緒をしめぬ桶狭間 （五八17）

今川勢は緒戦の勝利をおごって、翌日には桶狭間で討たれることになってしまった。

桶狭間一度に箍《たが》がおっぱじけ　（五六33）

桶狭間蓋をする間もあらばこそ　（四九4）

今川は末期の水を桶で呑み　（六九9）

●小牧長久手の戦い

天正12（1584）年、秀吉が10万の大軍で尾張に向かったとの報をうけ、織田信雄はあわてて家康に援軍を依頼した。家康はかねてより信雄の父である信長に恩義を感じていたので、直ちにこれを受け入れて8千の兵で出陣し、信雄と共に小牧山に陣取った。ここは以前信長が城を築いたところで要害堅固であり、ついに持久戦の模様となった。

犬山へ長く手を出し猿は負け　（一四〇15）

「長く手を出し」は地名の長久手の掛け言葉であり、また秀吉は猿面冠者と呼ばれていた。

長く手を出して火傷は池田炭　（九六35）

池田父子の戦死を、有名な大阪の池田炭にかけての句作。怒った秀吉は、家康らの後を追って軍を進めたものの、鉄砲の威力に怖れをなした士卒の意気は上がらず、相手は既に小牧山に戻っていた。戦い利にあらずと悟った秀吉は美濃に退き、やがて信雄や家康と和睦する結果となった。

●知多半島の野間

知多半島の西岸を南に下ってゆくと野間に出る。ここは源義朝《よしとも》の討たれた所で、平治の乱に敗れた源義朝は、部下とともに、ここの住人である長田忠致《おさだただむね》の屋敷に身を寄せた。

雨のもる家とも知らず佐馬頭 （一九11）

雨の漏るような頼りにならぬ家とも知らずに世話になった。なお義朝は佐馬頭であった。長田忠致は義朝の首を取って、平家の恩賞にあずかろうと、親子で謀殺する密談をとげた。

お背中を流しましょうと長田言い （五六15）

義朝は歴戦の勇士だから、とても一筋縄ではいかぬとみて、相手を裸にして風呂場で殺す計画をたてた（源頼朝は義朝の第3子であり、源義経は第9子である）。

●尾張名物

看病へ突き出してやる忍冬酒　（武二28）

忍冬というのは、「すいかずら」という植物のことである。これを使って酒に仕立てたものが「忍冬酒」という薬用酒である。この忍冬酒が今でも犬山市の和泉屋小島酒店で作られている。慶長2（1597）年創業という。看病疲れを癒やしてやるのであろう。「武二」は誹諧武玉川の第2篇。

瀬戸物はおらが国だと名古屋みそ　（一五六18）

「味噌をあげる」は自慢することだが、今でも陶器のことを瀬戸物と呼び習わしていることからの句。愛知県瀬戸市およびその付近から産出する陶磁器をいう。

墓茶碗薬廻らず尾張焼　（一五三17）

薬石効なく、人生の終わりと尾張をかけただけ。

遠目にちらり金無垢の名古屋打　（一五一2）

名古屋城の金鯱をふまえての句作。かんざしの一種に名古屋打というのがあり、若い女性が使用したようだ。

尾張屋で安い無心の名古屋打　（一〇四9）

尾張屋というのは、江戸の遊里であった吉原の妓楼の名で、遊女が客におねだりをしたのである。

蝶々のおけしに留まる名古屋打　（一五一21）

「けし」とは、婦人が髪を結うのに頭頂の毛を少しばかり束ねて結ぶもので、それが蝶の羽根を広げたような形になっているところに、名古屋打が挿してある。

稲妻表紙の読みさしへ名古屋打　（一五一5）

稲妻表紙というのは江戸後期の読本で、読みかけの所に枝折代わりに挟んだのだが、きらきら光るところから稲妻の語を用いたもの。

江戸川柳「三河名所歩き」

三河という地名について『塩尻』には、「矢矧川《やはぎがわ》、男川《おとがわ》、豊川、以上三の川あるゆえ三河と名づけた。矢矧川は岡崎の大河也。豊川は吉田（豊橋）の大川也。男川は岡崎の東なる大平川也」とある。『塩尻』は江戸中期の国学者・天野信景《さだかげ》の随筆。「矢矧川」は現在の「矢作川」。男川は現在の乙川《おとがわ》の上流をいう。

三河と尾張を隔てるのが境川であって、東海道を江戸に下るには、ここに架けられた境橋を渡るわけだが、この橋が変わっていた。尾張側が板橋で三河側が土橋というように、橋の構造が真ん中で異なっている。尾張側は徳川御三家の筆頭である石高62万石の尾張徳川家、一方三河側は2万5千石の刈谷藩。橋の構造の違いが経済力の格差を反映している。池鯉鮒宿は江戸初期までは刈谷藩であった。

●岡崎

「五万石でも岡崎様はお城下《しろした》まで船がつく」と俚謡七七七五に唄われた。矢作川の水利によって物資の集散がおこなわれたからである。その名残りが、岡崎公園南の乙川畔にある花崗岩で作られた五万石船が座っている場所で、藩米専用の船着き場であり、御用土場のあった場所であるとされている。

こうした宿場には、飯盛り女と呼ばれる女性が付き物で、夜は客を取っていた。「岡崎女郎衆はよい女郎衆」という唄がある。徳川家康は岡崎城の二の丸で生まれたが、城跡は岡崎公園となっている。

御勝利も初手は岡崎からの事　（一六25）
岡崎の時から御手がよくまわり　（四九32）
国民の万歳楽も三河より　（一〇三4）
梅の外松へ勅許の御宮号　（一〇一23）

「松」は松平、「梅」は菅原道真を祀った天満宮のこと。

●是字寺《これのじでら》

家康の祖父に当たる清康が、ある年の正月に左手に「是」という字を握る初夢を見た。禅僧を呼んで占わせたところ「是という文字は日の下の人なり。左手は陽なり、君又は君の子孫天下を握らん」といって、やがて天下人になる前兆だと言上したので、清康がひどく喜んで寺を建てさせたのがこの竜海院であり、この故事に因んで是字寺と呼ばれるようになった。

日の下の人を集めし御吉夢　（四〇1）
握る夢開く御運の語吉瑞　（一六六3）
民はレコ君は是の字御握り　（一二一21）

民は大久保彦左衛門。家康が本能寺の変を知り、身を干鰯《ほしか》船に潜めて帰る際に、彦左衛門が家康の睾丸（レコ）を握って、その胆力を試したという言い伝えによる句。

林の中でおさへたをご献上 （四一1）

天が下ついにしめこの御吸物 （六五10）

物事がうまく運んだ時にいう「しめこの兎」という俚諺《りげん》を使っての作句。しめこの兎は「しめた」の意を、兎を「絞める」にかけていう地口、ものごとの思ったとおりになった時にいう。

「俚諺」とは、俗間《ぞっかん》のことわざ。「地口」とは、俚諺・俗語などに同音または声音の似通った別の語をあてて、ちがった意味を表す洒落。例えば「着た切り雀」（舌切り雀）とか「年の若いのに白髪が見える」（沖の暗いのに白帆が見える）

松平清康が信州の林光政を頼って世を忍んでいた時に、ある年の元旦に光政が自ら猟した兎を吸物として供したが、この頃から運が開けてきたので徳川家では代代嘉例（めでたい先例。吉例）として、毎年元旦に兎の吸物を口にすることになったという話も伝えられている。

徳川家のそもそもの発祥の地は、愛知県東加茂郡松平村（現・豊田市松平町）で、『参河国名所図鑑』に「岡崎の東北の方に松平の里あり。その上の山道よりみゆる。松平家御先祖の住給ひし所なり」とある通りである。従って徳川家といっても、元来はその地名である松平を名乗っており、家康も幼名は松平竹千代であった。

源の末は平の松ばやし　（一一五30）

源は自然四姓の上に立ち　（八九30）

この2つの句は、何れも「松平」をあしらった句である。また四姓は4つの姓で、源氏、平氏、藤原氏、橘氏の源平藤橘《げんぺいとうきつ》をいう。

●針崎一揆

『三河風土記』の「三州一向宗一揆蜂起の事」によれば、徳川家は永禄6年9月に佐崎（岡崎市佐々木）に城を築いたが、兵糧不足のために城主の菅沼定顕に命じて、各地から兵糧米を徴集させた。その時、守護不入の地と定められていた佐崎村の上宮寺の籾を借用したいと申し送ったものの、その返事も聞かぬうちに徴発して城に運び込んでしまった。もともとこの地方は一向宗の勢いが盛んな土地柄であり、宗門の意向を無視したこの行為に怒った上宮寺側は、三河における一向宗の三大寺とされる佐崎の上宮寺、針崎の勝鬘寺《しょうまんじ》、野寺の本証寺などが、僧侶や門徒を集め、主人が留守であった菅沼の屋敷に押し寄せて籾を奪い返した。

一揆側は死に物狂いに戦ったので、家康方は一大危機にさらされることになってしまった。家康方は厚木坂の一戦に大勝してからは、一揆方の勢いもようやく衰えて、やっと落ち着きを取り戻した。

針崎の一揆主君をめどに取り　（一六二16）

針と糸、めど（針穴）は隠語。また「めどに取る」は目標にすること。

棒ほどにせず針崎を御成敗　（一四八2）

「針小棒大」ということわざを利かせて大事には至らなかったという句だが、実際には、家康は危うく一命を落とすところであった。

白旗の守護には黒い御本尊　（七八30）

家康側の源氏は白旗。白と黒の対比の句。

金箔は附かずと光る黒本尊　（八二26）

上和田の砦において、岡崎から援軍が駆けつけたが、一揆側の伏勢の襲撃にあって家康側は大混乱に陥り、家康はただ一人で桑子村の妙眼寺という寺に駆け込んだ。『参河国名所図絵』

では、その際、「忽然と白気《はっき》おこり」家康を包んだので、一揆の連中はその姿を見失ってしまった。この寺の阿弥陀如来黒本尊の加護によって危難を免れることができたといわれる。

奈良時代から江戸時代まで「滑稽」のルーツを辿ってきた。これで完結とする。その後は、明治30年代に復古運動が始まり、「新川柳期」を迎える。

「新川柳期」というのは、広い意味での「古川柳」に対する語で、現在では単に「川柳」と呼んでいる近代以後の総称である。

（完結）

【参考文献】

新日本古典文学大系（岩波書店）
濱田義一郎監修『誹風柳多留』初〜5篇（社会思想社）
山澤英雄校訂『誹諧武玉川』初〜18篇（岩波文庫）
桑原博史監修『万葉集・古今集・新古今集』（三省堂）
山路閑古著『古川柳名句選』（筑摩書房）
濱田義一郎編著『江戸川柳辞典』（東京堂出版）
前田雀郎著『川柳探求』（有光書房）
楠本憲吉・山村祐共著『新川柳への招待』（日貿出版社）

脇屋川柳著『松浦静山と川柳』（近代文芸社）
近江砂人・他6人共著『川柳・鑑賞と解釈』（構造社出版）
尾藤三柳編者『川柳総合事典』（雄山閣出版）
尾藤三柳監修『川柳総合大事典』第1巻（雄山閣出版）
尾藤三柳監修『川柳総合大事典』第2巻（雄山閣出版）
濱田義一郎・杉本長重校注『川柳狂歌集』（岩波書店）
潁原退藏著『潁原退藏著作集』第14巻（中央公論社）
潁原退藏著『潁原退藏著作集』第15巻（中央公論社）
西原柳雨著『誹風柳多留』初篇講義（岩波書店）
沼波瓊音著『柳樽評釈』（弥生書房）
大岡信著『紀貫之』（筑摩書房）
中里富美雄著『芭蕉俳人の評伝と鑑賞』（渓声出版）
飯野哲二著『芭蕉及び蕉門の人々』（豊書房）
市橋鐸著『芭蕉の門人』上・下（大八洲出版）
尾形仂著『おくのほそ道を語る』（角川書店）
安江茂著『ことば遊びの楽しさ』（砂子屋書房）
復本一郎著『芭蕉の言葉』（講談社）
復本一郎著『俳句と川柳』（講談社）
下山弘著『江戸古川柳の世界』（講談社）
渡辺信一郎著『江戸川柳』（岩波書店）
小野眞孝著『尾張・三河名所歩き』（三樹書房）

あとがき

私が最初に川柳に興味を持ったのは、電電公社（NTT）に勤務していた時代、データ通信技術の設計に従事し、毎日、深夜まで勤務が続く状態に明け暮れていた頃のことです。当時、新聞の時事川柳や文芸川柳を見てから興味を持ち始め、川柳誌に投句したり、時々、句会にも出席するようになりました。

本業の合間に川柳作句することは、大変気分転換になりました。現役中は細く長く川柳を趣味として楽しんできました。定年退職後は昭和56年からの川柳研究社・幹事を続け、地元、名古屋川柳社の主幹を17年間務めました。現在も川柳作句と探究を趣味として続けています。

古川柳の三要素は穿ち、滑稽、軽みであるといわれます。俳諧は滑稽の意味であり、江戸時代の俳諧は川柳や俳句のルーツでありますが、いつごろから滑稽が古典文学から生まれたのか興味を抱くようになりました。その結果、滑稽は万葉集の戯笑歌がルーツであることを知りました。

万葉集は歌の博物館といわれ、その中の戯笑歌は、和歌の合間の余興であり、格式、形式にこだわらない愉快な歌が多いのです。狂歌（諧謔・滑稽を詠んだ卑俗な短歌）のルーツともいわれます。古今和歌集の誹諧歌は、滑稽味を帯びた和歌の一体であり「戯言歌《ざれごとうた》」といわれるようにふざけた歌が多いのです。

連歌・菟玖波集は、俳諧的な作品も含んでいます。犬筑波集は新撰犬筑波集とも言いますが、新撰犬筑波集は初期俳諧発句付句集であり、俳諧が連歌から独立する機運を与えました。連歌の一体で「俳諧の連歌」のことであり、後には「俳諧」とのみ言います。

『誹諧武玉川』は、江戸座俳諧の高点附句集であり、『誹風柳多留』は、初代川柳評万句合の中から主として選び集めたものです。万葉集の戯笑歌から新撰犬筑波集の俳諧歌までは、公家・武家・僧侶の作品が主であります。滑稽な作品を民衆が作り始めたのは、江戸中期の『誹諧武玉川』からと言われます。

その後『誹風柳多留』が発行されて、川柳は俳諧において、独立に創作し、また鑑賞される発句に対して、今度は附句（平句）が同じように独立に創作され、或いは鑑賞される対象となって生まれたものであります。

俳諧の根本的特性である通俗性というものが、附句は発句に比してはるかに強化されています。

小著は、滑稽をもとに川柳のルーツを探究してまいりました。明治の新川柳期の手前で完結しています。

最後に、出版にあたり校正等に寄与してくださった新葉館出版の竹田麻衣子さんの協力に謝意を表します。

令和四年十月吉日

松代天鬼

【著者略歴】
松代天鬼（まつしろ・てんき）
静岡県沼津市生まれ、愛知県犬山市在住。
全日本川柳協会理事。日本現代詩歌文学館評議員。
愛知川柳作家協会相談役。川柳研究社幹事。名古屋川柳社同人。
読売新聞とうかい文芸選者。春日井市短詩型文学祭審査員。
瀬戸市文芸発表会選者。
著書に「川柳作家全集・松代天鬼」「鈴木可香の川柳と機関銃」。

川柳のルーツをたどる
○
令和5年 1月15日 初 版
著 者
松 代 天 鬼
発行人
松 岡 恭 子
発行所
新 葉 館 出 版
大阪市東成区玉津1丁目9-16 4F 〒537-0023
TEL06-4259-3777㈹ FAX06-4259-3888
https://shinyokan.jp/
印刷所
株式会社 太洋社
○
定価はカバーに表示してあります。

ISBN978-4-8237-1079-7